गुरुदेव की
पवित्र वाणी

स्वामी विवेकानंद पर केंद्रित साहित्य

गुरुदेव की पवित्र वाणी

स्वामी विवेकानंद

प्रकाशक

प्रभात प्रकाशन प्रा. लि.

4/19 आसफ अली रोड, नई दिल्ली–110002

फोन : 011–23289777 • हेल्पलाइन नं. : 7827007777

इ–मेल : prabhatbooks@gmail.com ❖ वेब ठिकाना : www.prabhatbooks.com

संस्करण

2025

पेपरबैक मूल्य

तीन सौ रुपए

मुद्रक

आर–टेक ऑफसेट प्रिंटर्स, दिल्ली

GURUDEV KI PAVITRA VANI

by Swami Vivekananda

Published by **PRABHAT PRAKASHAN PVT. LTD.**

4/19 Asaf Ali Road, New Delhi-110002

ISBN 978-93-5562-108-5

₹ 300.00 (PB)

पुस्तक परिचय

स्वामी विवेकानंद ने भारत में उस समय अवतार लिया, जब यहाँ हिंदू धर्म के अस्तित्व पर संकट के बादल मँडरा रहे थे। पंडितों-पुरोहितों ने हिंदू धर्म को घोर आडंबरी और अंधविश्वासपूर्ण बना दिया था। ऐसे में स्वामी विवेकानंद ने हिंदू धर्म को एक पूर्ण पहचान प्रदान की। इसके पहले हिंदू धर्म विभिन्न छोटे-छोटे संप्रदायों में बँटा हुआ था। तीस वर्ष की आयु में स्वामी विवेकानंद ने शिकागो (अमेरिका) में विश्व धर्म-संसद् में हिंदू धर्म का प्रतिनिधित्व किया और इसे सार्वभौमिक पहचान दिलवाई।

गुरुदेव रवींद्रनाथ टैगोर ने एक बार कहा था, "यदि आप भारत को जानना चाहते हैं, तो विवेकानंद को पढ़िए। उनमें आप सबकुछ सकारात्मक ही पाएँगे, नकारात्मक कुछ भी नहीं।"

रोम्याँ रोलां ने उनके बारे में कहा था, "उनके द्वितीय होने की कल्पना करना भी असंभव है। वे जहाँ भी गए, सर्वप्रथम हुए...हर कोई उनमें अपने नेता का दिग्दर्शन करता। वे ईश्वर के प्रतिनिधि थे तथा सब पर प्रभुत्व प्राप्त कर लेना ही उनकी विशिष्टता थी। हिमालय प्रदेश में एक बार एक अनजान यात्री उन्हें देख, ठिठककर रुक गया और आश्चर्य से चिल्ला उठा, 'शिव!' यह ऐसा हुआ, मानो उस व्यक्ति के आराध्य देव ने अपना नाम उनके माथे पर लिख दिया हो।"

39 वर्ष के संक्षिप्त जीवनकाल में स्वामी विवेकानंद जो काम कर

गए, वे आनेवाली अनेक शताब्दियों तक पीढ़ियों का मार्गदर्शन करते रहेंगे।

वे केवल संत ही नहीं थे, एक महान् देशभक्त, प्रखर वक्ता, ओजस्वी विचारक, रचनाधर्मी लेखक और करुण मावनप्रेमी भी थे। अमेरिका से लौटकर उन्होंने देशवासियों का आह्वान करते हुए कहा था, "नया भारत निकल पड़े मोची की दुकान से, भड़भूजे के भाड़ से, कारखाने से, हाट से, बाजार से; निकल पड़े झाड़ियों, जंगलों, पहाड़ों, पर्वतों से।"

और जनता ने स्वामीजी की पुकार का उत्तर दिया। वह गर्व के साथ निकल पड़ी। गांधीजी को आजादी की लड़ाई में जो जन-समर्थन मिला, वह विवेकानंद के आह्वान का ही फल था। इस प्रकार, वे भारतीय स्वतंत्रता-संग्राम के भी एक प्रमुख प्रेरणा-स्रोत बने।

उनका विश्वास था कि पवित्र भारतवर्ष धर्म एवं दर्शन की पुण्यभूमि है। यहीं बड़े-बड़े महात्माओं तथा ऋषियों का जन्म हुआ, यहीं संन्यास एवं त्याग की भूमि है तथा यहीं, केवल यहीं आदिकाल से लेकर आज तक मनुष्य के लिए जीवन के सर्वोच्च आदर्श एवं मुक्ति का द्वार खुला हुआ है।

उनके कथन—उठो, जागो, स्वयं जगकर औरों को जगाओ। अपने नर-जन्म को सफल करो और तब तक रुको नहीं, जब तक कि लक्ष्य प्राप्त न हो जाए। पर अमल करके व्यक्ति अपना ही नहीं, सार्वभौमिक कल्याण कर सकता है। यही उनके प्रति हमारी सच्ची श्रद्धांजलि होगी।

प्रस्तुत पुस्तक 'गुरुदेव की पवित्र वाणी' में स्वामीजी ने सरल शब्दों में अपने गुरु परम पूजनीय श्रीरामकृष्ण के दैनंदिन उपदेशों का संकलन किया है। ये उपदेश उनके भी प्रेरक और मार्गदर्शक बने। इनके माध्यम से व्यक्ति अपने आध्यात्मिक जीवन को प्रशस्त कर सकता है। यह अनेक सवालों और जिज्ञासाओं की प्रतिपूर्ति करनेवाली एक प्रेरक, ज्ञानवर्द्धक और संग्रहणीय पुस्तक है।

अनुक्रम

कल्पतरु से सावधान

भगवान् कल्पतरु हैं। कल्पतरु के नीचे बैठकर जो जिस वस्तु की इच्छा करता है, उसे वही प्राप्त होती है। इसलिए साधन-भजन करते हुए जब मन शुद्ध हो जाता है, तब अत्यंत सावधानी के साथ कामनाओं का त्याग करना चाहिए। क्यों, जानते हो ? किसी समय एक बटोही घूमते-घूमते एक विस्तीर्ण मैदान में जा पहुँचा। कड़क धूप के ताप और चलने के श्रम से अत्यधिक श्रांत और पसीने से तर होकर रात में वह थकावट दूर करने के लिए एक पेड़ के नीचे बैठ गया। बैठे-बैठे उसने मन-ही-मन सोचा, 'इस समय अगर एक अच्छा सा बिछौना मिल जाए, तो मैं चैन से सो जाऊँ।'

बटोही नहीं जानता था कि वह कल्पतरु के नीचे बैठा हुआ है। उसके मन में ज्यों ही यह वासना उठी, त्यों ही वहाँ पर एक बढ़िया बिछौना आ पहुँचा। बटोही अत्यंत आश्चर्यचकित होकर उस बिछौने पर लेट गया और आराम करते हुए सोचने लगा, 'इस वक्त अगर कोई स्त्री आकर मेरे पाँव दबा दे, तो मैं सुख से सो जाऊँ।' उसके मन में इस विचार के उठते ही तत्काल एक युवती आ पहुँची और वह पदसेवा करने लगी। यह देखकर उस बटोही के आनंद की सीमा न रही। फिर उसे भूख लगने लगी। तब उसने सोचा, 'मन की ये इच्छाएँ तो पूरी हुईं, अब क्या कुछ खाने नहीं मिलेगा ?'

ऐसा सोचते ही उसके सम्मुख नाना प्रकार की भोजन-सामग्रियाँ आ जुटीं। तब उन वस्तुओं से पेटभर भोजन कर, वह बिछौने पर लेटे-लेटे उस दिन की सभी बातों का स्मरण करने लगा। ऐसे समय उसके मन में आया

साधना करते हुए यदि विषय सुख, धन-जन अथवा मान-यश आदि की कामना की जाए तो ऐसी कामना कुछ अंश में अवश्य पूर्ण होती है, परंतु अंत में बाघ का भय भी रहता है, अर्थात् रोग, शोक, ताप, अपमान तथा धनहानिरूपी बाघ जीते-जागते बाघ से लाख गुना अधिक कष्टदायक होते हैं।

कि 'इस समय यदि अचानक एक बाघ आ जाए तो क्या हो?' ज्यों ही उसका यह सोचना था कि कहीं से एक बड़ा भारी बाघ कूद पड़ा और बटोही की गरदन मरोड़कर खून चूसने लगा। इस प्रकार उस बटोही का अंत हो गया।

संसार में जीवों की भी ऐसी ही दशा होती है। साधना करते हुए यदि विषय सुख, धन-जन अथवा मान-यश आदि की कामना की जाए तो ऐसी कामना कुछ अंश में अवश्य पूर्ण होती है, परंतु अंत में बाघ का भय भी रहता है, अर्थात् रोग, शोक, ताप, अपमान तथा धनहानिरूपी बाघ जीते-जागते बाघ से लाख गुना अधिक कष्टदायक होते हैं।

जैसी जिसकी भावना

जैसी जिसकी भावना होगी, वैसा ही उसे लाभ होगा। भगवान् मानो कल्पवृक्ष हैं। उनसे कोई जो भी माँगता है, उसे वही प्राप्त होता है। गरीब का लड़का पढ़-लिखकर तथा कड़ी मेहनत कर हाईकोर्ट का जज बन जाता है और मन-ही-मन सोचता है, 'अब मैं मजे में हूँ। मैं उन्नति के सर्वोच्च शिखर पर आ पहुँचा हूँ। अब मुझे बहुत आनंद है।'

भगवान् भी तब कहते हैं, "तुम मजे में ही रहो।" किंतु जब वह हाईकोर्ट का जज सेवानिवृत्त होकर पेंशन लेते हुए, अपने विगत जीवन की ओर देखता है तो उसे लगता है कि उसने अपना सारा जीवन व्यर्थ ही गुजार दिया। तब वह कहता है, "हाय, इस जीवन में मैंने कौन सा उल्लेखनीय काम किया?"

भगवान् भी तब कहते हैं, "ठीक ही तो, तुमने किया ही क्या?"

विषय-भोगों की आदत

मछली बेचनेवाली एक माली के घर की अतिथि बनी थी। मछली बेचकर आ रही थी, साथ में मछली की टोकरी थी। उसे फूलवाले कमरे में सोने को दिया गया। फूलों की गंध से उसे देर रात तक नींद नहीं आई। घरवाली ने उसकी यह दशा देखकर पूछा, "तुम छटपटा क्यों रही हो?"

उसने कहा, "कौन जाने भाई! शायद इस फूल की गंध से ही नींद नहीं आ रही है। मेरी मछली की टोकरी जरा ला दो, तो संभव है नींद आ जाए।" अंत में मछली की टोकरी लाई गई। उस पर जल छिड़ककर उसने नाक के पास रख ली। फिर खर्राटे के साथ सो गई!

झूठे अहंकार का फल

किसी रईस आदमी ने अपनी जायदाद की देखरेख के लिए एक गुमास्ते को नियुक्त कर रखा था। किसी के पूछने पर कि "यह जमीन-जायदाद किसकी है?" वह गुमास्ता कहा करता, "यह सबकुछ मेरा है—यह मकान, यह बगीचा, सब!" यह कहते हुए वह मारे गर्व के फूला नहीं समाता था। एक दिन मालिक की सख्त मनाही होते हुए भी उसने उसके तालाब से मछलियाँ पकड़ीं और दुर्भाग्यवश मालिक ने उसे रँगे हाथों पकड़ लिया। गुमास्ता की बेईमानी से नाराज हो मालिक ने उसे खूब डाँट-फटकारकर नौकरी से निकाल दिया। जाते समय वह अपनी छोटी सी संदूकची तक नहीं ले जा सका!

अंत नहीं है लोभ का

एक बार एक नाई कहीं जा रहा था। जाते-जाते एक जगह एक पेड़ के नीचे अचानक उसे सुनाई दिया, मानो कोई कह रहा था, "सात घड़ा धन लेगा?" नाई ने आश्चर्यचकित हो चारों ओर देखा, किंतु कहीं कोई दिखाई नहीं दिया, परंतु सात घड़ा धन की बात सुनकर उसके मन में लालच

पैदा हुआ और वह जोर से बोल उठा, "हाँ, लूँगा!" त्यों ही उसे फिर वही आवाज सुनाई दी, "अच्छा, तेरे घर पर रख आया हूँ, जा ले ले।" नाई ने घर आकर देखा, सचमुच ही सात घड़े रखे हुए हैं। उसने सब घड़ों को खोलकर अच्छी तरह देखा, तो उसे दिखाई दिया कि छह घड़े तो सोने की मुहरों से भरे हैं, पर सातवाँ घड़ा कुछ खाली है। उसके मन में सातवें घड़े को भी पूरा भरने की इच्छा तीव्र हो उठी और उसने घर में जितना भी धन, गहने आदि थे, वह सब लाकर उस घड़े में डाल दिए, पर भला इतने से वह घड़ा कैसे भरता!

घड़े को पूरा भरने के लिए नाई बड़ा ही व्याकुल रहने लगा। घर-गृहस्थी के खर्च में कटौती करते हुए वह बचा हुआ सारा धन घड़े में डालने लगा, पर वह घड़ा भरता ही न था। अंत में उसने राजा से प्रार्थना की कि उसे जो वेतन मिलता है, उससे उसका गुजारा नहीं हो पाता, दया करके वेतन बढ़ा दिया जाए। राजा उस नाई पर खुश था। उसके कहते ही राजा ने वेतन दुगुना कर दिया, पर नाई की दशा पहले जैसी ही रही। अब तो वह लोगों से माँगकर खाता और पूरा वेतन घड़े में डाल देता, पर घड़ा था कि भरने का नाम ही नहीं लेता।

घड़े को पूरा भरने के लिए नाई बड़ा ही व्याकुल रहने लगा। घर-गृहस्थी के खर्च में कटौती करते हुए वह बचा हुआ सारा धन घड़े में डालने लगा, पर वह घड़ा भरता ही न था। अंत में उसने राजा से प्रार्थना की कि उसे जो वेतन मिलता है, उससे उसका गुजारा नहीं हो पाता, दया करके वेतन बढ़ा दिया जाए।

दिनोदिन नाई की हालत को बिगड़ते देख एक दिन राजा ने पूछा, "क्यों रे! तुझे जब कम वेतन मिलता था, तब तो तेरी गुजर-बसर अच्छी तरह से हो जाती थी और अब दुगुना वेतन पाकर भी तेरी ऐसी दशा क्यों है, तू क्या सात घड़ा धन ले आया है?"

नाई ने हक्का-बक्का होकर कहा, "जी, आपको किसने बताया?"

राजा ने कहा, "अरे, वह तो यक्ष का धन है! उस समय यक्ष ने आकर मुझसे भी पूछा था, 'सात घड़ा धन लोगे?' मैंने पूछा, 'वह धन जमा करने के लिए है या खर्च करने के लिए?' तब वह बिना उत्तर दिए भाग गया। वह धन कभी नहीं लेना चाहिए, उसे खर्च नहीं किया जा सकता, सिर्फ जमा ही करना पड़ता है। तू भला चाहता है तो जल्दी वह धन लौटा आ।"

तब नाई को होश आया और वह झटपट उस जगह पर जाकर, चिल्लाकर बोल आया, "तुम्हारा धन तुम ले जाओ, मुझे नहीं चाहिए।" यक्ष ने कहा, "ठीक है।" घर लौटकर नाई ने देखा कि वे सातों घड़े गायब हो गए हैं। दुःख की बात यह थी कि इतने दिनों तक पेट को काटते हुए, उसने उस खाली घड़े में जो कुछ धन डाला था, वह भी चला गया।

धर्मराज्य में भी ऐसा ही हुआ करता है। जमा-खर्च ठीक-ठीक न रहे तो अंत में अपना सर्वस्व गँवा देना पड़ता है।

कामना पतन का कारण

एक देश में दीवार के भीतर बिल में नेवला रहता है। बिल में जब रहता है, खूब आराम से रहता है। कोई-कोई उसकी पूँछ में ईंट बाँध देते हैं; तब ईंट के कारण वह बिल से निकल पड़ता है। जब-जब वह बिल के भीतर आराम से बैठने की चेष्टा करता है, तब-तब उसे ईंट के प्रभाव से बिल से निकलना पड़ता है। विषयवासना भी ऐसी ही है, योगी को योगभ्रष्ट कर देती है।

धर्म चरित्र में प्रकट हो

शरीर, रुपया, यह सब अनित्य है। इसके लिए इतना हठ क्यों? हठयोगियों की दशा देखो न! शरीर किस तरह दीर्घायु हो, बस इसी ओर ध्यान लगा रहता है। ईश्वर की ओर लक्ष्य नहीं है। नेति-धौति बस पेट साफ कर रहे हैं! नल लगाकर दूध ग्रहण कर रहे हैं।

एक सुनार था। उसकी जीभ उलटकर तालू पर चढ़ गई थी। तब

जड़-समाधि की तरह उसकी अवस्था हो गई। फिर वह हिलता-डुलता नहीं था। बहुत दिनों तक उसी अवस्था में रहा। लोग आकर उसकी पूजा करते थे। कुछ साल बाद एकाएक उसकी जीभ सीधी हो गई। तब उसे पहले की तरह चेतना हो गई। फिर वह सुनार का काम करने लगा।

ये सब शरीर के कर्म हैं। उससे प्राय: ईश्वर के साथ कोई संबंध नहीं रहता। शालिग्राम का भाई (उसका लड़का वंशलोचन का व्यवसाय करता था) बयासी तरह के आसन जानता था। वह योग-समाधि की भी बहुत सी बातें कहता था, परंतु भीतर-ही-भीतर उसका कामिनी-कांचन में मन था। दीवान मदन भट्ट की नजर हजार रुपयों के नोट पर पड़ी, रुपयों के लालच से वह उसे झट निगल गया। बाद में, फिर किसी तरह निकाल लेता, परंतु नोट उससे वसूल हो गए। अंत में तीन साल के लिए वह जेल भेजा गया। मैं सरल भाव से सोचता था, शायद उसकी आध्यात्मिक उन्नति बहुत हो चुकी है, सच कहता हूँ—रामदुहाई!

विवाह और गुलामी

कामिनी-कांचन जीव को बाँध लेते हैं। जीवन की स्वाधीनता चली जाती है। कामिनी ही से कांचन की आवश्यकता होती है, जिसके लिए दूसरों की गुलामी की जाती है; फिर स्वाधीनता नहीं रहती, फिर तुम अपने मन का काम नहीं कर सकते।

> *कामिनी-कांचन जीव को बाँध लेते हैं। जीवन की स्वाधीनता चली जाती है। कामिनी ही से कांचन की आवश्यकता होती है, जिसके लिए दूसरों की गुलामी की जाती है; फिर स्वाधीनता नहीं रहती, फिर तुम अपने मन का काम नहीं कर सकते।*

जयपुर में गोविंदजी के पुजारी पहले अपना विवाह नहीं करते थे। तब वे बड़े तेजस्वी थे। एक बार राजा के बुलाने पर भी वे नहीं गए और कहा, "राजा ही को आने को कहो।"

फिर राजा और पंचों ने मिलकर

उनका विवाह करा दिया। तब से राजा से साक्षात् करने के लिए किसी को बुलाना नहीं पड़ा! वे खुद हाजिर होते थे। कहते, "महाराज, आशीर्वाद देने आए हैं, यह निर्माल्य लाए हैं, धारण कीजिए।" आज घर बनवाना है, आज लड़के का 'अन्नप्राशन' है, आज लड़के का पाठशाला जाने का शुभ मुहूर्त है, इन्हीं कारणों से आना पड़ता है।

बारह सौ संन्यासियों का पतन

बारह सौ 'भगत' और तेरह सौ 'भगतिन' वाली कहावत तो जानते हो न! नित्यानंद गोस्वामी के पुत्र वीरभद्र के तेरह सौ 'भगत' शिष्य थे। जब वे सिद्ध हो गए, तब वीरभद्र डरे। वे साचने लगे कि ये सब सिद्ध हो गए, लोगों को जो कह देंगे, वही होगा; जिधर से निकलेंगे, वहीं भय है, क्योंकि मनुष्य बिना जाने यदि कोई अपराध कर डालेंगे तो उनका अहित होगा। यह सोचकर वीरभद्र ने उन्हें बुलाकर कहा, "तुम गंगातट से संध्या-उपासना करके हमारे पास आओ।"

'भगत' तब ऐसे तेजस्वी थे कि ध्यान करते ही करते समाधिमग्न हो गए। कब ज्वार का पानी सिर से बह गया, इसकी उन्हें खबर ही नहीं। भाटा उतर गया, तथापि ध्यान भंग न हुआ।

तेरह सौ भगतों में से एक सौ समझ गए थे कि वीरभ्रद क्या कहेंगे। आचार्य की बात को टालना नहीं चाहिए, अतएव वे तो खिसक गए, वीरभद्र से साक्षात् नहीं किया। रहे बारह सौ भगत, वे वीरभ्रद के पास लौटकर आए। वीरभ्रद बोले, "ये तेरह सौ भगतिनें तुम्हारी सेवा करेंगी, तुम लोग इनसे विवाह करो।"

शिष्यों ने कहा, "जैसी आपकी आज्ञा; परंतु हममें से एक सौ न जाने कहाँ चले गए।"

उन बारह सौ भगतों के साथ एक-एक सेवादासी रहने लगी। फिर उनका वह तेज, तपस्याबल न रह गया। स्त्री के साथ रहने के कारण वह बल जाता रहा, क्योंकि उनके साथ स्वाधीनता नहीं रह जाती।

पूर्ण निर्भरता से ही भगवत् कृपा

बैकुंठ में श्रीलक्ष्मी और नारायण बैठे हुए थे। एकाएक नारायण उठकर खड़े हो गए।

श्रीलक्ष्मी चरणसेवा कर रही थीं। उन्होंने पूछा, "महाराज, कहाँ चले?"

नारायण ने कहा, "मेरा एक भक्त बड़ी विपत्ति में पड़ गया है, उसकी रक्षा के लिए जा रहा हूँ।"

यह कहकर नारायण चले गए, परंतु उसी समय फिर आ गए।

लक्ष्मी ने पूछा, "भगवन्, इतनी जल्दी कैसे आ गए?"

नारायण ने हँसकर कहा, "प्रेम से विह्वल वह भक्त रास्ते में चला जा रहा था। रास्ते में धोबियों ने सूखने के लिए कपड़े फैलाए थे। वह भक्त उन कपड़ों के ऊपर से जा रहा था, यह देखकर लाठी लेकर धोबी लोग मारने के लिए चले, इसीलिए मैं गया था।"

श्रीलक्ष्मी ने पूछा, "तो इतनी जल्दी फिर कैसे आ गए?"

नारायण ने हँसते हुए कहा, "जाकर मैंने देखा, उस भक्त ने धोबियों को मारने के लिए खुद ही पत्थर उठा लिया है। इसीलिए मैं फिर नहीं गया।"

दुःख भी भगवान् ही देते हैं

पंपा सरोवर में नहाते समय राम और लक्ष्मण ने सरोवर के तट की मिट्टी में धनुष गाड़ दिए। स्नान करके लक्ष्मण ने धनुष निकालते हुए देखा, धनुष में खून लगा हुआ था। राम ने देखकर कहा, "भाई, जान पड़ता है, कोई जीव-हिंसा हो गई।" लक्ष्मण ने मिट्टी खोदकर देखा तो एक बड़ा मेढक था, वह मरणासन्न हो गया था।

राम ने करुणापूर्ण स्वर में कहा, "तुमने आवाज क्यों नहीं दी? हम लोग तुम्हें बचा लेते। जब साँप पकड़ता है, तब तो खूब चिल्लाते हो।"

मेढक ने कहा, "राम, जब साँप पकड़ता है, तब मैं चिल्लाता हूँ, राम,

रक्षा करो राम, रक्षा करो, पर अब देखता हूँ, राम स्वयं मुझे मार रहे हैं, इसीलिए मुझे चुपचाप रहना पड़ा।"

शरणागति और पुरुषार्थ

बंदर का बच्चा अपनी माँ को कसकर पकड़े हुए उससे लिपटा रहता है, परंतु बिल्ली का बच्चा पड़े-पड़े सिर्फ 'म्याऊँ-म्याऊँ' किया करता है, बिल्ली स्वयं ही उसे मुँह में पकड़कर उठा ले जाती है। बंदर का बच्चा अगर हाथ छोड़ दे तो नीचे गिर पड़ेगा, क्योंकि उसने स्वयं अपनी माँ को पकड़ रखा है, परंतु बिल्ली के बच्चे को गिरने का भय नहीं है, क्योंकि उसे उसकी माँ ने पकड़ रखा है। पुरुषकार और ईश्वरनिर्भरता में यही अंतर है।

पुरुषार्थ

किसान लोग बैल खरीदने जाकर अच्छा बैल कैसे पहचानते हैं, जानते हो? इस बारे में वे बड़े जानकार होते हैं। वे बैल की पूँछ पर हाथ लगाकर देखते हैं, जिस बैल में दम नहीं होता, वह पूँछ पर हाथ लगाने से अंग ढीला कर जमीन में लेट जाता है, परंतु जो बैल फुर्तीला, तेज होता है, वह पूँछ को छूते ही चिढ़कर उछलने लगता है। किसान लोग ऐसे ही बैल को खरीदा करते हैं।

जीवन में सफलता प्राप्त करनी हो तो अपने भीतर पुरुषार्थ, मर्दपन रखना चाहिए। कई लोग ऐसे होते हैं, जिनमें कोई दम ही नहीं होता, मानो दूध में भिगोया हुआ चिउड़ा हो, नरम और ठंडा! भीतर कोई जोर ही नहीं! उद्यम करने का सामर्थ्य नहीं! इच्छाशक्ति नहीं! ऐसे लोग जीवन में कभी सफल नहीं होते!

जीवन में सफलता प्राप्त करनी हो तो अपने भीतर पुरुषार्थ, मर्दपन रखना चाहिए। कई लोग ऐसे होते हैं, जिनमें कोई दम ही नहीं होता, मानो दूध में भिगोया हुआ चिउड़ा हो, नरम और

ठंडा! भीतर कोई जोर ही नहीं! उद्यम करने का सामर्थ्य नहीं! इच्छाशक्ति नहीं! ऐसे लोग जीवन में कभी सफल नहीं होते!

महापुरुषों को माया छू नहीं सकती

वेदों में 'होमा' पक्षी की कहानी है। वह चिड़िया आकाश में ही रहती है; जमीन पर कभी नहीं उतरती। आकाश ही में अंडे देती है। अंडे गिरते रहते हैं, पर वे इतनी ऊँचाई से गिरते हैं कि गिरते-ही-गिरते बीच में वे फूट जाते हैं। तब बच्चे निकल आते हैं। वे भी गिरने लगते हैं। उस समय भी वे इतनी ऊँचाई पर रहते हैं कि गिरते-ही-गिरते उनके पंख निकल आते हैं और आँखें भी खुल जाती हैं। तब वे समझ जाते हैं कि अरे हम मिट्टी में गिर जाएँगे और गिरे तो चकनाचूर! मिट्टी देखते ही एकदम अपनी माता की ओर उड़ जाते हैं। माता के निकट पहुँचना ही उनका लक्ष्य हो जाता है।

कुछ लोग वैसे ही हैं। बचपन ही में संसार देखकर डर जाते हैं। इनकी एकमात्र चिंता यही है कि किस तरह माता के निकट जाएँ, किस प्रकार ईश्वर के दर्शन हों।

तीव्र वैराग्य कैसा होता है

एक आदमी गमछा कंधे पर रखे नहाने जा रहा था। उसकी स्त्री बोली, "तुम किसी काम के नहीं हो, उम्र बढ़ रही है, अब भी यह सब न छोड़ सके। मुझे छोड़कर तुम एक दिन भी नहीं रह सकते; परंतु अमुक को देखो, वह कितना त्यागी है।"

पति : क्यों उसने क्या किया?

स्त्री : उसकी सोलह स्त्रियाँ हैं, वह एक-एक करके सबको छोड़ रहा है। तुम कभी त्याग नहीं कर सकोगे।

पति : एक-एक करके त्याग। अरी पगली, वह त्याग हर्गिज न

कर सकेगा। जो त्याग करता है, वह क्या कभी जरा-जरा सा त्याग करता है?

स्त्री (हँसकर) : फिर भी वह तुमसे अच्छा है।

पति : अरी, तू नहीं समझी। वह क्या त्याग करेगा? त्याग मैं करूँगा; यह देख मैं चला।

तीव्र वैराग्य यह है। ज्यों ही विवेक आया कि उसी समय उसने त्याग दिया। गमछा कंधे पर डाले हुए ही वह चला गया। संसार का काम ठीक कर जाने के लिए भी नहीं आया। घर की ओर एक बार मुड़कर उसने देखा भी नहीं।

जो त्याग करेगा, उसमें मन का बल खूब होना चाहिए। डाका मारने का भाव, डाका डालने के पहले डाकू जिस तरह किया करते हैं—मारो, लूटो, काटो।

वैराग्य कैसे साधा जा सकता है

एक बार एक स्त्री ने अपने पति से कहा, "मेरा भइया संन्यासी बननेवाला है। उसके लिए वह काफी दिनों से कुछ-कुछ तैयारी कर रहा है।"

पति ने कहा, "हट पगली, वह कभी संन्यासी नहीं बन सकेगा। इस तरह तैयारी करके संन्यासी नहीं बना जाता।"

स्त्री बोली, "फिर भला किस तरह संन्यासी बना जाता है?"

"देखना चाहती है?" कहकर पति ने झट सब वस्त्र फाड़कर केवल कौपीन पहन लिया और स्त्री से 'आज से तू मेरी माँ हुई' कहते हुए घर से निकल पड़ा। फिर वह कभी नहीं लौटा।

स्वार्थ के सब रिश्ते-नाते

एक बार एक ब्राह्मण की किसी संन्यासी से भेंट हुई। उनमें संसार और धर्म के बारे में काफी वार्त्तालाप हुआ। अंत में संन्यासी ने कहा, "देखो बेटा, यहाँ कोई किसी का नहीं है।"

ब्राह्मण को यह बात मंजूर नहीं हुई कि कोई किसी का नहीं है, भला इस पर वह कैसे विश्वास कर सकता था? ब्राह्मण बोला, "महाराज, मेरा सिर थोड़ा दुखने लगे तो मेरी माँ कैसे व्याकुल हो उठती है! मेरा कष्ट दूर करने के लिए जो प्राणों की बाजी लगा देने को तत्पर रहते हैं, वे लोग क्या मेरे कोई नहीं हैं!"

ब्राह्मण को यह बात मंजूर नहीं हुई कि कोई किसी का नहीं है, भला इस पर वह कैसे विश्वास कर सकता था? ब्राह्मण बोला, "महाराज, मेरा सिर थोड़ा दुखने लगे तो मेरी माँ कैसे व्याकुल हो उठती है! मेरा कष्ट दूर करने के लिए जो प्राणों की बाजी लगा देने को तत्पर रहते हैं, वे लोग क्या मेरे कोई नहीं हैं!"

संन्यासी बोला, "अगर ऐसा है तो वे सचमुच तुम्हारे अपने हैं, पर असल में, बात यह है कि यह सब तुम्हारा भ्रम है। तुम्हारी माता, पत्नी या पुत्र तुम्हारे लिए अपनी जान दे सकते हैं, इस बात पर कभी विश्वास मत रखना। बात सच है या झूठ, यह परखकर देख लो! आज घर जाकर तुम पीड़ा का ढोंग करते हुए चिल्लाते रहना, मैं तुम्हारे यहाँ आकर तुम्हें एक तमाशा दिखाता हूँ।"

ब्राह्मण ने वैसा ही किया। घर जाकर वह रोने-चिल्लाने लगा। काफी वैद्य, हकीम आए, पर उसका दर्द कुछ कम नहीं हुआ। उसकी माँ बेचैन हो उठी, औरत और बच्चे रोने लगे। इतने में संन्यासी आ पहुँचा। उसने देखकर कहा, "इसे बड़ा ही कठिन रोग हो गया है। इसके बचने का कोई उपाय नहीं दीख पड़ता, परंतु यदि इसके बदले और कोई अपने प्राण दे सके तो यह बच सकता है।"

सुनकर सब लोग आश्चर्य से ताकने लगे। तब संन्यासी ने रोगी की बूढ़ी माँ से कहा, "माई, इस बुढ़ापे में जवान, कमाने वाले बेटे को गँवाकर तुम्हारा जीना-न-जीना एक ही है। तुम अगर इसके बदले अपने प्राण दे सको, तो मैं इसे बचा सकता हूँ और अगर तुम माँ होकर अपने बेटे के लिए

प्राण न दे सको, तो फिर भला इस संसार में और कौन है, जो इसके लिए अपने प्राण दे।"

बूढ़ी रोते हुए बोली, "बाबा, इसके लिए तुम मुझे जो कुछ करने को कहोगे, मैं वही करूँगी। अब रही प्राण देने की बात, भला ऐसे बेटे के लिए प्राण देना कौन बड़ी बात है, पर मैं यही सोच रही हूँ कि मेरे मरने पर घर में इन बच्चों का क्या हाल होगा, मेरी किस्मत ही फूटी है, नहीं तो मेरे सिर पर इन सब का भार क्यों होता?"

इधर यह बात सुनते-सुनते रोगी की स्त्री जोर से पुकारकर रो पड़ी, "ओ मेरे बाबूजी, ऐ मेरी अम्माँ, तुम्हें दगा देकर मैं कैसे जाऊँ!"

संन्यासी ने उसकी ओर देखकर कहा, "इसकी माँ तो इसके लिए जान नहीं दे सकी, पर तुम तो इसकी पत्नी ठहरीं। क्या तुम अपने पति के प्राण बचा सकती हो?"

पत्नी बोली, "मैं अभागी हूँ, महाराज। मेरे भाग में जो लिखा है, होने दो। अब बिना कारण अपने माँ-बाप को रुलाकर मुझे क्या मिलनेवाला है?"

इस प्रकार, सब लोग अपनी असुविधा व्यक्त करने लगे। तब संन्यासी ने उस ब्राह्मण से कहा, "अब देखा न, कोई तुम्हारे लिए प्राण नहीं देना चाहता। अब तो समझ गए न कि संसार में कोई किसी का नहीं।"

यह देखकर ब्राह्मण संसार छोड़ संन्यासी के साथ निकल पड़ा।

कोई नहीं तुम्हारा अपना

एक शिष्य ने अपने गुरु से कहा था, "गुरुदेव, मेरी पत्नी मुझसे बहुत प्रेम करती है, उसी के कारण मैं संसार नहीं छोड़ पा रहा हूँ।"

वह शिष्य हठयोग का अभ्यास करता था। गुरु ने उसे एक युक्ति सिखा दी। एक दिन उसके घर एकाएक खूब रोना-पीटना मच गया। मुहल्लेवालों ने आकर देखा, हठयोगी आसन पर टेढ़ा-मेढ़ा होकर निर्जीव बना बैठा है। सभी को लगा कि उसके प्राणपखेरू उड़ चुके हैं। उसकी

स्त्री पछाड़ खाकर रोने लगी, "अजी, हमारा सत्यानाश हो गया जी। अजी, तुम यह क्या कर गए जी! अरी अम्माँ, ऐसा होगा, मालूम नहीं था री!"

थोड़ी देर में सगे-संबंधी एक खाट ले आए और उसकी देह को बाहर निकालने लगे। इस समय बहुत मुश्किल हुई। टेढ़ी-मेढ़ी और कठिन हो जाने के कारण उसकी देह दरवाजे से नहीं निकल रही थी। तब एक पड़ोसी दौड़कर एक कुल्हाड़ी ले आया और दरवाजे की चौखट को धमाधम काटने लगा। स्त्री अधीर होकर रो रही थी, पर धमाधम की आवाज सुनकर वह दौड़ी आई। उसने आकर रोते हुए पूछा, "अजी, यह क्या हो रहा है, जी?"

लोगों ने कहा, "इनकी देह बाहर नहीं निकल पा रही है, इसलिए चौखट को काट रहे हैं।"

तब वह कहने लगी, "अजी, ऐसा काम मत करो, जी। मैं अभी विधवा हो गई। मुझे देखनेवाला कोई नहीं रहा। मुझे इन नाबालिग बच्चों को पालना-पोसना पड़ेगा। यह दरवाजा एक बार काटने से फिर नहीं बन पाएगा। अजी इन्हें जो होना था, सो तो हो ही गया, इन्हीं के हाथ-पाँव काट दो!"

सुनते ही हठयोगी उठ खड़ा हुआ। तब तक बूटी का असर कट चुका था। उसने उठकर कहा, "मेरी प्रिय पत्नी, मेरे हाथ-पाँव काटती है!" यह कहकर वह तत्काल घर छोड़कर गुरु के साथ निकल पड़ा।

सत्संगति से सब मिले

एक रात को कोई चोर राजमहल में चोरी करने घुसा। उसे सुनाई दिया कि राजा रानी से कह रहा है, "कल सवेरे गंगाजी के किनारे जो साधु ठहरे हुए हैं, उनमें से एक जन के साथ राजकन्या का विवाह रचाएँगे।"

सुनते ही चोर ने सोचा, 'मैं भी क्यों न गंगा किनारे साधु बनकर बैठा रहूँ! यदि भाग्य जाग जाए तो राजकुमारी के साथ विवाह हो जाएगा।' उसने वैसा ही किया। दूसरे दिन सवेरे राजा के कर्मचारी उस स्थान पर आकर एक-एक कर सब साधुओं को राजकन्या के साथ विवाह करने के लिए

विनती करने लगे, पर कोई साधु राजी न हुआ। अंत में राजकर्मचारियों ने उस साधुवेशधारी चोर को आमंत्रण दिया, पर चोर उस समय अपना मनोभाव प्रकट न कर थोड़ा चुप्पी साधे रहा।

कर्मचारियों ने आकर राजा से कहा, "एक युवक साधु हैं, वे शायद राजी हो सकते हैं, परंतु और कोई साधु तैयार नहीं है।"

तब राजा स्वयं उस साधुवेशधारी चोर के निकट आए तथा नाना प्रकार से उसकी आरजू-मिन्नत करने लगे, परंतु राजा को सामने देखते ही उस चोर के मन में परिवर्तन हो गया। वह सोचने लगा, "मैंने केवल साधु का वेश चढ़ाया है, इतने से ही राजा खुद आकर मेरी इतनी खुशामद कर रहा है, तब तो न जाने वास्तव में साधु बनने पर मुझे और क्या-क्या न मिलेगा।" इस विचार के परिणामस्वरूप उसने विवाह के प्रस्ताव को नकार दिया और वह वास्तव में यथार्थ साधु बनने के लिए प्रयत्न करने लगा। फिर उसने कभी विवाह नहीं किया और वह एक अच्छा साधु बन गया। तनिक देर के लिए साधु का वेश पहनकर साधुओं के बीच बैठते ही चोर का मन इतना बदल गया!

सत्संग की महिमा का बखान नहीं किया जा सकता।

साधुवेश का भी फल होता है

एक मछुआरा रात के समय किसी के बगीचे में घुसकर तालाब से चोरी-चोरी मछलियाँ पकड़ रहा था। मालिक को इसकी खबर लग गई और उसने लोगों को बुलाकर बगीचा घेर लिया। वे लोग मशाल जलाकर चोर को ढूँढ़ने लगे। इधर मछुआरे ने स्वयं को बचाने के लिए झट शरीर पर थोड़ी राख मल ली और एक पेड़ के नीचे साधु बन-सजकर बैठ गया। उन लोगों ने बहुत

एक मछुआरा रात के समय किसी के बगीचे में घुसकर तालाब से चोरी-चोरी मछलियाँ पकड़ रहा था। मालिक को इसकी खबर लग गई और उसने लोगों को बुलाकर बगीचा घेर लिया। वे लोग मशाल जलाकर चोर को ढूँढ़ने लगे

खोज-तलाश की, पर चोर कहीं नहीं मिला; एक पेड़ के नीचे एक साधु भभूत रमाए, ध्यानमग्न बैठा हुआ दिखाई दिया। दूसरे ही दिन गाँव भर में खबर फैल गई कि अमुक के बगीचे में एक बड़े भारी महात्मा आए हुए हैं। फिर क्या था, सब लोग फूल, फल, मिठाई आदि लेकर साधु के दर्शन के लिए आने लगे; उसे भेंट चढ़ाते हुए प्रणाम करने लगे। साधु के सामने बहुत रुपए-पैसे भी चढ़ाने लगे।

तब मछुआरे ने विचार किया, "कितने अचरज की बात है! मैं सचमुच में साधु नहीं हूँ, फिर भी मुझ पर लोगों की इतनी श्रद्धा-भक्ति है। सच्चा साधु बन जाने पर तो मुझे अवश्य ही भगवान् मिलेंगे, इसमें संदेह नहीं।"

जब कपट-साधना से ही उसमें इतनी चेतना जाग गई, तब सत्य-साधना होने पर तो कोई बात ही नहीं।

पत्थर हीरा एक है

एक व्यक्ति तथा उसकी पत्नी दोनों संसार से विरक्त हो, घर-द्वार छोड़कर विभिन्न तीर्थ-क्षेत्रों की यात्रा करते हुए घूम रहे थे। चलते हुए उस व्यक्ति को राह में एक स्थान पर एक बहुमूल्य हीरा पड़ा हुआ दिखाई दिया। उसकी पत्नी कुछ पीछे थी। हीरे को देखते ही पति के मन में विचार आया, 'हीरा देखकर मेरी पत्नी के मन में लोभ पैदा न हो जाए' और वह तुरंत उसे ढकने के लिए उस पर धूल उड़ाकर डालने लगा। इतने में उसकी पत्नी निकट पहुँची और उसने पूछा, "यह क्या कर रहे हो?"

एक व्यक्ति तथा उसकी पत्नी दोनों संसार से विरक्त हो, घर-द्वार छोड़कर विभिन्न तीर्थ-क्षेत्रों की यात्रा करते हुए घूम रहे थे। चलते हुए उस व्यक्ति को राह में एक स्थान पर एक बहुमूल्य हीरा पड़ा हुआ दिखाई दिया। उसकी पत्नी कुछ पीछे थी।

पति झेंप गया। पत्नी ने पैर से धूल हटाकर उस हीरे को देखते हुए

कहा, "अब भी तुम्हारे भीतर हीरा और धूल में भेदबुद्धि बनी हुई है। तब तुम घर छोड़कर निकल क्यों आए?"

वेश की मर्यादा

कोई बहुरूपिया साधु बना था, त्यागी साधु! स्वाँग उसने ठीक बनाकर दिखलाया था, इसलिए बाबुओं ने उसे एक रुपया देना चाहा। उसने न लिया, 'ऊँहूँ' कहकर चला गया। देह और हाथ-पैर धोकर अपने सहज स्वरूप में जब आया, तब उसने रुपया माँगा। बाबुओं ने कहा, "अभी तो तुमने कहा, रुपया न लेंगे और चले गए, अब रुपया लेने कैसे आए?"

उसने कहा, "तब मैं साधु बना हुआ था, उस समय रुपया कैसे ले सकता था!"

राजा और पंडित

एक बार एक पंडित ने राजा के पास जाकर कहा, "महाराज, मैं आपको भागवत सुनाना चाहता हूँ, आप सुनिए।"

राजा ने कहा, "महाराज! भागवत को आपने अभी भी नहीं समझा। आप उसे अच्छी तरह पढ़ने के बाद आएँ।"

पंडित चिढ़कर चला गया। उसने मन में सोचा, 'राजा कैसा बुद्धिहीन है! मैंने इतने वर्ष तक भागवत का पाठ किया और राजा कहता है कि पाठ करके आना।' परंतु उसमें राजा की बात के ऊपर कुछ उत्तर देने का सामर्थ्य नहीं था।

पंडित ने घर आकर भागवत पाठ करना आरंभ किया। पढ़ते हुए वह हँसता और सोचता, 'राजा कैसा मूर्ख है; भला अब मेरे लिए इसमें समझने का क्या बाकी रहा?' कुछ दिनों में भागवत पाठ पूरा कर पंडित फिर राजा के पास गया और बोला, "महाराज, अब मुझसे भागवत सुनिए।"

राजा ने पुनः कहा, "पंडितजी आप स्वयं अच्छी तरह पाठ कर आइए, उसके बाद मैं आपसे सुनूँगा।"

पंडित राजा के सामने कुछ बोल नहीं सका। मन-ही-मन बहुत नाराज होकर लौट आया, पर वह सोचने लगा, 'राजा मुझसे बार-बार यह बात क्यों कह रहा है, अवश्य ही इसमें कुछ अर्थ है।'

उसने पुनः पोथी खोली और पठन आरंभ किया, पर इस बार वह जितना पाठ करने लगा, उसके भीतर उतने ही नए-नए भाव उदित होने लगे। वह भाव-विभोर होकर, अपने कमरे में अकेला बैठकर, भागवत पाठ करता और भक्तिभाव से व्याकुल हो रोने लगता। उसने राजभवन में जाना छोड़ दिया। बहुत दिनों बाद राजा ने सोचा, 'वह पंडित अब क्यों नहीं आता है?'

राजा ने स्वयं उसके यहाँ जाकर देखा, पंडित भावमग्न हो भागवत का पाठ कर रहा है और उसके नेत्रों से अविरल प्रेमाश्रु की धार बह चली है। देखकर राजा ने कहा "महाराज! अब आपका भागवत-पाठ ठीक-ठीक हो रहा है। अब मैं आपसे भागवत सुनूँगा।"

संस्कारों की प्रबलता

इच्छा होते हुए भी मनुष्य संसार का त्याग नहीं कर सकता, क्योंकि वह पूरी तरह प्रारब्ध कर्म और पूर्व संस्कारों के वशीभूत होता है। एक बार एक योगी ने किसी राजा से कहा, "तुम इस वन में मेरे पास बैठकर भगवान् का ध्यान-चिंतन करो।"

तब राजा बोला, "नहीं महाराज, अभी भी मेरे भोग बाकी हैं। मैं आपके निकट रह तो सकता हूँ, मगर विषयभोग की तृष्णा मेरे भीतर बनी ही रहेगी। अगर मैं इस वन में रहूँ तो हो सकता है कि यहीं पर एक राज्य बस जाए।"

त्याग आवश्यक है

बात यह है कि कामिनी-कांचन का त्याग किए बिना कुछ होने का नहीं। मैंने तीन त्याग किए थे—जमीन, जोरू और रुपया। भगवान् रघुवीर के नाम की जमीन रजिस्ट्री कराने के लिए मुझे उस देश में (कामारपुकुर में)

जाना पड़ा था। मुझसे दस्तखत करने के लिए कहा गया। मैंने दस्तखत नहीं किए। मुझे यह खयाल था ही नहीं कि यह मेरी जमीन है। रजिस्ट्री ऑफिसवालों ने केशव सेन का गुरु समझकर मेरा खूब आदर किया था। आम ला दिए, परंतु घर ले जाने का अख्तियार था ही नहीं, क्योंकि संन्यासी को संचय नहीं करना चाहिए।

मैंने तीन त्याग किए थे—जमीन, जोरू और रुपया। भगवान् रघुवीर के नाम की जमीन रजिस्ट्री कराने के लिए मुझे उस देश में (कामारपुकुर में) जाना पड़ा था। मुझसे दस्तखत करने के लिए कहा गया। मैंने दस्तखत नहीं किए। मुझे यह खयाल था ही नहीं कि यह मेरी जमीन है।

त्याग के बिना कोई कैसे उन्हें पा सकता है, अगर एक वस्तु के ऊपर दूसरी वस्तु रखी हो, तो पहली वस्तु को बिना हटाए दूसरी वस्तु कैसे मिल सकती है?

नम्रता आसान नहीं

एक आदमी किसी साधु के पास जाकर अत्यंत दीन भाव दिखाते हुए बोला, "महाराज, मैं बड़ा अधम हूँ। मैं आपकी क्या सेवा करूँ?"

साधु ने उसके मनोभाव को समझते हुए कहा, "तुम ऐसी कोई वस्तु ले आओ, जो तुमसे भी हीन हो।"

उस आदमी ने सोचा, 'भला मुझसे हीन वस्तु और क्या हो सकती है? एकमात्र विष्ठा ही मुझसे हीन होगी।' ऐसा सोच वह मैदान में विष्ठा लाने के लिए गया, पर उसके निकट आते ही विष्ठा बोल उठी, "मुझे मत छुओ! मैं पहले देवताओं के भोग में चढ़नेवाली सुंदर मिठाई थी, पर एक बार तुम्हारे संपर्क में आते ही मेरी ऐसी दशा हो गई कि मेरे पास आते ही लोग नाक पर कपड़ा लगाकर दूर हट जाते हैं। अब तुम मुझे फिर छूने आए हो? तुम्हारे स्पर्श से न जाने मेरी और भी क्या दुर्दशा होगी! मुझे मत छुओ।" यह सुनते ही उस आदमी में यथार्थ दीनता का भाव आ गया।

मन-वाणी से अगम अगोचर

चार मित्रों ने घूमते-फिरते हुए ऊँची दीवार से घिरी एक जगह देखी। भीतर क्या है, यह देखने के लिए सभी बहुत ललचाए। एक दीवार पर चढ़ गया। झाँककर उसने जो देखा तो दंग रह गया और 'हा हा हा हा' करते हुए भीतर कूद पड़ा। फिर कोई खबर नहीं दी। इस तरह जो चढ़ा, वही 'हा हा हा हा' करते हुए कूद गया। फिर खबर कौन दे ?

ब्रह्म क्या है, यह मुँह से नहीं बताया जा सकता। जिसे उसका ज्ञान होता है, वह फिर खबर नहीं दे सकता।

बूझे सो बोले नहीं

एक पिता के दो लड़के थे। ब्रह्मविद्या सीखने के लिए पिता ने दोनों को आचार्य के हाथ सौंप दिया।

कुछ साल बाद दोनों गुरुगृह से लौटे। उन्होंने आकर पिता को प्रणाम किया। पिता की इच्छा हुई कि देखें, इन्हें कैसा ब्रह्मज्ञान हुआ है। उन्होंने बड़े लड़के से पूछा, "बेटा! तुमने तो सबकुछ पढ़ा है, अब बताओ तो सही ब्रह्म कैसा है ?"

बड़ा लड़का वेदों में से नाना श्लोक बताते हुए ब्रह्म का स्वरूप समझाने लगा। पिता चुप रहे। जब उन्होंने छोटे लड़के से पूछा तो वह सिर नीचा किए चुप रहा, मुँह से एक बात न निकली। तब पिता ने प्रसन्न होकर छोटे लड़के से कहा, "बेटा, तुम्हीं ने कुछ समझा है। ब्रह्म क्या है, यह मुँह से से बताया नहीं जा सकता।"

मौन ही व्याख्यान है

एक लड़की का पति आया है। वह अपने बराबरी के युवकों के साथ बाहरवाले कमरे में बैठा है। इधर वह लड़की और उसकी सहेलियाँ खिड़की

से देख रही हैं। सहेलियाँ उसके पति को नहीं पहचानतीं। वे उस लड़की से पूछ रही है, "क्या वह तेरा पति है?"

लड़की मुसकराकर कहती है, "नहीं।" एक दूसरे युवक को दिखलाकर वे पूछती हैं, "क्या वह तेरा पति है?" वह फिर कहती है, "नहीं।" एक तीसरे युवक को दिखाकर वे फिर पूछती हैं, "क्या वह तेरा पति है?" वह फिर कहती है, "नहीं।" अंत में उसके पति की ओर इशारा करके उन्होंने पूछा, "क्या वह तेरा पति है?"

तब उसने 'हाँ' या 'नहीं' कुछ नहीं कहा, केवल मुसकराई और चुप्पी साध ली! तब सहेलियों ने समझा कि वही इसका पति है।

जहाँ ठीक ब्रह्मज्ञान होता है, वहाँ सब चुप हो जाते हैं।

पूर्ण ज्ञान से संशय नाश

'नेति-नेति' कर आत्मविश्लेषण करते हुए, जहाँ जाकर मन पूर्ण रूप से शांत हो जाता है, वहीं ब्रह्मज्ञान होता है।

एक आदमी राजा को देखना चाहता था। सात ड्योढ़ियों के पार राजा का दरबार था। पहली ड्योढ़ी पर जाकर उसने देखा, एक ऐश्वर्यशाली पुरुष बहुत से लोगों से घिरा बैठा हुआ है, खूब शान-शौकत है, खूब रौनक है। जो राजा को देखने गया था, उसने अपने साथी से पूछा, "क्या यही राजा है?"

एक आदमी राजा को देखना चाहता था। सात ड्योढ़ियों के पार राजा का दरबार था। पहली ड्योढ़ी पर जाकर उसने देखा, एक ऐश्वर्यशाली पुरुष बहुत से लोगों से घिरा बैठा हुआ है, खूब शान-शौकत है, खूब रौनक है। जो राजा को देखने गया था, उसने अपने साथी से पूछा, "क्या यही राजा है?"

उसका साथी थोड़ा मुसकराकर बोला "नहीं।" इसके बाद भी सभी ड्योढ़ियों में उसने उसी प्रकार के दृश्य देखे। वह जितना आगे बढ़ता गया, वहाँ की ड्योढ़ियों पर उतना ही अधिक ऐश्वर्य और ठाट-बाट

दिखाई देने लगा। हर बार वह अपने साथी से पूछने लगा, "क्या यही राजा है ?"

पर सातवीं ड्योढ़ी को पार कर जब उसने प्रत्यक्ष राजा का दरबार देखा, तब उसने साथी से कुछ नहीं पूछा। राजा का अतुल ऐश्वर्य देख, वह निर्वाक् होकर खड़ा रहा। वह समझ गया कि यही राजा है, इस विषय में कोई संदेह नहीं।

बहुत्व में एकत्व-दर्शन

मनुष्य सोचता है कि हम ईश्वर को जान गए। एक चींटी पहाड़ के पास गई थी। एक दाना खाकर उसका पेट भर गया, एक दूसरा दाना मुँह में लिये अपने डेरे को जाने लगी। जाते समय सोच रही है कि अबकी बार आकर समूचे पहाड़ को ले जाऊँगी। क्षुद्र जीव यही सब सोचते हैं, वे नहीं जानते कि ब्रह्म वाक्य-मन के अतीत है।

जो ब्रह्म हैं, वे ही आद्याशक्ति हैं। एक राजा ने कहा था कि उसे एक ही बात में ज्ञान देना होगा। योगी ने कहा, "अच्छा, तुम एक ही बात में ज्ञान पाओगे।"

थोड़ी देर बाद राजा के यहाँ अकस्मात् एक जादूगर आ पहुँचा। राजा ने देखा, वह आकर सिर्फ दो उँगलियों को घुमा रहा है, कह रहा है, "राजा यह देख, यह देख।"

राजा विस्मित होकर देख रहा है। थोड़ी देर में दो उँगलियों की जगह एक ही उँगली रह गई है। जादूगर एक उँगली घुमाता हुआ कह रहा है, "राजा, यह देख, यह देख।"

अर्थात् ब्रह्म और आद्याशक्ति पहले-पहले दो समझे जाते हैं, परंतु ब्रह्मज्ञान होने पर फिर दो नहीं रह जाते। अभेद! एक! एक! अद्वितीय! अद्वैत!

ईश्वर की महिमा अनंत है

मनुष्य सोचता है कि हम ईश्वर को जान गए। एक चींटी पहाड़ के पास गई थी। एक दाना खाकर उसका पेट भर गया, एक दूसरा दाना मुँह में लिये अपने डेरे को जाने लगी। जाते समय सोच रही है कि अबकी बार आकर समूचे पहाड़ को ले जाऊँगी। क्षुद्र जीव यही सब सोचते हैं, वे नहीं जानते कि ब्रह्म वाक्य-मन के अतीत है।

कोई भी हो, वह कितना ही बड़ा क्यों न हो, ईश्वर को जान थोड़े ही सकता है! शुकदेव आदि, मानो बड़े चींटे हैं, चीनी के आठ-दस दाने मुँह में ले लें और क्या?

आत्मा कर्म से निर्लिप्त है

व्यासदेव यमुना पार कर रहे थे। वहाँ गोपियाँ भी थीं। वे भी पार करना चाहती थीं, दही, दूध और मक्खन बेचने के लिए, पर वहाँ नाव न थी, सब सोच रही थीं, कैसे पार जाएँ। इसी समय व्यासदेव ने कहा, "मुझे बड़ी भूख लगी है।"

तब गोपियाँ उन्हें दही, दूध, मक्खन, रबड़ी, सब खिलाने लगीं। व्यासदेव लगभग सब साफ कर गए।

फिर व्यासदेव ने यमुना से कहा, "यमुने, अगर मैंने कुछ भी नहीं खाया, तो तुम्हारा जल दो भागों में बँट जाए, बीच से राह हो जाए और हम लोग निकल जाएँ।"

ऐसा ही हुआ। यमुना के दो भाग हो गए। बीच से उस पार जाने की राह बन गई। उसी रास्ते से गोपियों के साथ व्यासदेव पार हो गए।

'मैंने नहीं खाया', इसका अर्थ यह है कि मैं वही शुद्ध आत्मा हूँ, शुद्ध आत्मा निर्लिप्त है, प्रकृति के परे है। उसे न भूख है, न प्यास; न जन्म हैं, न मृत्यु; वह अजर, अमर और सुमेरुवत् है!

ईश्वर के विविध रूप

जिस प्रकार एक ही आलू को अपनी रुचि के अनुसार उबालकर, तलकर, सूखी या रसेदार सब्जी बनाकर खाया जा सकता है, उसी प्रकार जगत्कारण ईश्वर एक होते हुए भी उपासकों की रुचि के अनुसार भिन्न-भिन्न रूपों में प्रकट होते हैं, ताकि सभी साधक उन्हें अपने प्रेमानंद के रूप में पा सकें। किसी के लिए वे दयालु स्वामी या प्रेममय पिता हैं, तो किसी के लिए मधुरहासिनी माता, किसी के लिए सुहृत् सखा, तो किसी के लिए प्रिय पति या आज्ञाकारी पुत्र।

गिरगिट

जिस प्रकार एक ही आलू को अपनी रुचि के अनुसार उबालकर, तलकर, सूखी या रसेदार सब्जी बनाकर खाया जा सकता है, उसी प्रकार जगत्कारण ईश्वर एक होते हुए भी उपासकों की रुचि के अनुसार भिन्न-भिन्न रूपों में प्रकट होते हैं, ताकि सभी साधक उन्हें अपने प्रेमानंद के रूप में पा सकें।

एक आदमी जंगल में गया था। उसने देखा, पेड़ पर एक बहुत सुंदर जीव बैठा है। उसने एक आदमी से आकर कहा, “भाई, अमुक पेड़ पर मैंने एक लाल रंग का जीव देखा है।”

उस आदमी ने कहा, “मैंने भी देखा है, पर वह लाल क्यों होने लगा? वह तो हरा है।”

तीसरे ने कहा, “नहीं जी, वह हरा नहीं, पीला है।”

अंत में लड़ाई ठन गई। तब उन लोगों ने पेड़ के नीचे आकर देखा, वहाँ एक आदमी बैठा हुआ था। पूछने पर उसने कहा, “मैं इसी पेड़ के नीचे रहता हूँ। उस जीव को मैं खूब पहचानता हूँ। तुम लोगों ने जो कुछ कहा, सब ठीक है। वह कभी तो लाल होता है, कभी आसमानी और भी न जाने क्या-क्या होता है। फिर

कभी देखता हूँ, उसमें कोई रंग नहीं।"

जो आदमी सदा ही ईश्वर-चिंतन करता है, वही समझ सकता है कि उनका स्वरूप क्या है। वही मनुष्य जानता है कि ईश्वर अनेक रूपों में दर्शन देते हैं। वे सगुण भी हैं और निर्गुण भी। जो आदमी पेड़ के नीचे रहता है, वही जानता है कि उस बहुरूपिए के अनेक रंग हैं और कभी कोई रंग नहीं रहता। दूसरे आदमी तर्क-वितर्क कर केवल कष्ट ही उठाते हैं।

ईश्वर साकार है और निराकार भी

एक संन्यासी जगन्नाथजी के दर्शन करने लगा। जगन्नाथजी के दर्शन कर उसके मन में संदेह उठा कि भगवान् साकार हैं या निराकार? उसके हाथ में डंडा था, उस डंडे को घुमाकर वह देखने लगा कि वह जगन्नाथजी की देह को लगता है या नहीं। पहली बार एक ओर से दूसरी ओर तक डंडा ले जाते समय उसने देखा, जगन्नाथजी की देह में डंडे का स्पर्श नहीं हुआ, उसे वहाँ ठाकुरजी की मूर्ति नहीं दिखाई दी, पर फिर दूसरी बार वह डंडे को उस ओर से इस ओर ले जाने लगा, तो उस समय वह ठाकुरजी की मूर्ति को छू गया। तब संन्यासी समझ गया, ईश्वर साकार है और निराकार भी।

ईश्वरमय ही है जग सारा

श्रीरामचंद्रजी ने ज्ञान प्राप्त करके गुरु से कहा, "मैं संसार का त्याग करूँगा।" दशरथ ने उन्हें समझाने के लिए वसिष्ठ को भेजा।

वसिष्ठ ने देखा, राम को तीव्र वैराग्य है। तब कहा, "राम! पहले मेरे साथ कुछ विचार कर लो, फिर संसार छोड़ना। अच्छा, प्रश्न यह है, क्या संसार ईश्वर से कोई अलग चीज है? अगर ऐसा है तो तुम इसका त्याग कर सकते हो।"

राम ने देखा, ईश्वर से ही जीव और जगत् सबकुछ हुए हैं। उनकी सत्ता के कारण सबकुछ सत्य जान पड़ता है। तब श्रीरामचंद्रजी चुप हो रहे।

सब अंगों में व्याप्त वही है

एक साधु अपने शिष्य को आत्मज्ञान प्राप्त कराना चाहता था। वह उसे एक सुंदर उद्यानगृह में रखकर चला गया। कुछ दिनों बाद लौटकर उसने शिष्य से पूछा, "बेटा, तुम्हें किसी बात का अभाव है?"

शिष्य के 'हाँ' कहने पर साधु ने श्यामा नाम की एक सुंदर स्त्री को वहाँ रखा और शिष्य को यथेच्छ आहार-विहार करने की अनुमति दी। फिर बहुत दिनों के बाद आकर साधु ने शिष्य से वही बात पूछी। इस बार शिष्य ने उत्तर दिया, "नहीं महाराज, मुझे अब किसी बात की चाह नहीं है।"

तब साधु ने शिष्य और श्यामा दोनों को पास बुलाया और श्यामा के हाथों की ओर निर्देश करते हुए शिष्य से पूछा, "ये क्या हैं?"

शिष्य बोला, "ये श्यामा के हाथ हैं।"

इसी प्रकार क्रमशः श्यामा की आँखें, नाक, कान आदि सभी अंगों का निर्देश करते हुए साधु पूछता गया, "यह क्या है?"

शिष्य भी उपयुक्त उत्तर देता गया। ऐसा करते हुए शिष्य के ध्यान में अचानक यह बात आई कि "मैं बार-बार कह रहा हूँ, यह श्यामा का 'अमुक' है, यह श्यामा का 'अमुक' है, पर वास्तव में श्यामा क्या है?"

असमंजस में पड़कर उसने गुरु से पूछा, "परंतु महाराज, ये आँखें, नाक, कान आदि जिसके अंग हैं, वह श्यामा वास्तव में क्या है?"

साधु ने कहा, "यदि तुम जानना चाहते हो कि श्यामा कौन है, तो मेरे साथ आओ, मैं तुम्हें यह ज्ञान करा दूँगा।"

इसके बाद साधु ने उसके निकट आत्मज्ञान का रहस्य प्रकट किया।

ईश्वर संतान रूप में भी आते हैं

कामारपुकुर के रास्ते में एक तालाब पड़ता है, नाम है—रणजित राय का तालाब। रणजित राय के यहाँ भगवती ने कन्या होकर जन्म लिया था। अब भी चैत के महीने में वहाँ मेला लगता है। जाने की मेरी बड़ी इच्छा होती

है, परंतु अब नहीं जाया जाता।

रणजित राय वहाँ का जमींदार था। तपस्या के प्रभाव से उसने भगवती को कन्या के रूप में पाया था। कन्या पर उसका बड़ा स्नेह था। उसी स्नेह के कारण वह अपने पिता का संग नहीं छोड़ती थी। एक दिन रणजित अपनी जमींदारी का काम कर रहा था, फुरसत नहीं थी। लड़की, बच्चों का स्वभाव जैसा होता है, बार-बार पूछ रही थी, "बाबूजी, यह क्या है, वह क्या है?"

पिता ने बड़े मधुर स्वर में कहा, "बेटी, अभी जाओ, बड़ा काम है।"

पर लड़की वहाँ से किसी तरह नहीं टली। अंत में ध्यानरहित हो उसके बाप ने कहा, "तू यहाँ से दूर हो जा।"

कन्या वहाँ से चली आई। उसी समय शंख की चूड़ियाँ बेचनेवाला वहाँ से जा रहा था। उसे बुलाकर उसने शंख की चूड़ियाँ पहनीं। दाम देने की बात पर उसने कहा, "घर की अमुक अलमारी की बगल में रुपए रखे हैं, माँग लेना।"

और यह कहकर वहाँ से चली गई, फिर नहीं दिखी। उधर घर में चूड़ीवाला पुकार रहा था। तब लड़की को घर में नहीं देख, सब इधर-उधर दौड़ पड़े।

लोगों ने उसके किनारे पर खड़े होकर देखा, 'एक हाथ, जिसमें शंख की वही चूड़ियाँ थीं, पानी के ऊपर उठा हुआ था।' फिर वह हाथ भी न दिखा। अब भी मेले के समय भगवती की पूजा होती है—वारुणी के दिन।

रणजित राय ने खोज करने के लिए जगह-जगह आदमी भेजे। चूड़ीवाले को रुपया उसी जगह मिला। रणजित राय रोते हुए घूम रहे थे। इतने में ही किसी ने कहा, "तालाब में कुछ दीख पड़ता है।"

लोगों ने उसके किनारे पर खड़े होकर देखा, 'एक हाथ, जिसमें शंख की वही चूड़ियाँ थीं, पानी के ऊपर उठा हुआ था।' फिर वह हाथ भी न दिखा। अब भी मेले के समय भगवती की पूजा होती है—वारुणी के दिन।

तपस्या के प्रभाव से नारायण भी संतान होकर जन्म लेते हैं। वे अनेक रूपों में दर्शन देते हैं। कभी नररूप में, कभी चिन्मय ईश्वर के रूप में।

हरि-अवतार असंख्य हैं

ज्ञानी के मत से अवतार नहीं है। कृष्ण ने अर्जुन से कहा था, "तुम मुझे अवतार-अवतार कह रहे हो। आओ, तुम्हें एक दृश्य दिखलाऊँ।"

अर्जुन साथ-साथ गए। कुछ दूर जाने पर कृष्ण ने पूछा, "क्या देखते हो?"

अर्जुन ने कहा, "एक बहुत बड़ा पेड़ है और उसमें गुच्छे के गुच्छे जामुन लटक रहे हैं।"

कृष्ण ने कहा, "वे जामुन नहीं हैं। जरा और आगे बढ़कर देखो।"

तब अर्जुन ने देखा, गुच्छों में कृष्ण फले हुए थे।

कृष्ण ने कहा, "अब देखा? मेरी तरह कितने कृष्ण फले हुए हैं!"

सब ब्रह्मसमुद्र के बुलबुले हैं

जन्म और मृत्यु, यह सब इंद्रजाल सा है। अभी है, अभी गायब! ईश्वर ही सत्य है और सब अनित्य। पानी ही सत्य है, पानी के बुलबुले अभी हैं, अभी नहीं। बुलबुले पानी में ही मिल जाते हैं, जिस जल से उनकी उत्पत्ति होती है, अंत में उसी जल में वे विलीन हो जाते हैं।

ईश्वर ही सत्य है और सब अनित्य। जीव-जगत्, घर-द्वार, लड़के-बच्चे, यह सब बाजीगर का इंद्रजाल है। बाजीगर डंडे से ढोल पीटता है और कहता है, "देख तमाशा मेरा। तू देख तमाशा मेरा।"

बस ढक्कन खोला नहीं कि कुछ पक्षी उसमें से निकलकर आकाश में उड़ गए, परंतु बाजीगर ही सत्य है और सब अनित्य—अभी है, थोड़ी देर में गायब।

कैलाश में शिव बैठे हुए थे। पास ही नंदी थे। उसी समय एक बहुत बड़ा शब्द हुआ। नंदी ने पूछा, "भगवन्, यह कैसी आवाज है?"

शिव ने कहा, "रावण पैदा हुआ है, यह उसी की आवाज है।"

कुछ देर बाद फिर एक आवाज आई। नंदी ने पूछा, "यह कैसी आवाज है?"

शिव ने हँसकर कहा, "यह रावण मारा गया।"

जन्म और मृत्यु, यह सब इंद्रजाल सा है। अभी है, अभी गायब! ईश्वर ही सत्य है और सब अनित्य। पानी ही सत्य है, पानी के बुलबुले अभी हैं, अभी नहीं। बुलबुले पानी में ही मिल जाते हैं, जिस जल से उनकी उत्पत्ति होती है, अंत में उसी जल में वे विलीन हो जाते हैं।

ईश्वर महासमुद्र है, जीव बुलबुले; उसी में पैदा होते हैं, उसी में लीन हो जाते हैं। लड़के, बच्चे एक बड़े बुलबुले के साथ मिले हुए, कई छोटे-छोटे बुलबुले हैं।

प्रभु-लीला देखने की इच्छा

श्रीरामचंद्रजी जब राक्षसों को पार कर लंकापुरी में घुसे, तब बूढ़ी निकषा भागी। तब लक्ष्मण बोले, "हे राम, भला यह क्या है? यह निकषा इतनी बूढ़ी है, पुत्र शोक भी इसको कम नहीं हुआ, फिर भी इसे प्राणों का इतना भय है कि भाग रही है?"

श्रीरामचंद्रजी ने निकषा को अभय देते हुए सामने आकर कारण पूछा। वह बोली, "राम इतने दिनों तक बची हूँ, इसीलिए तुम्हारी इतनी लीला देखी। यही कारण है कि और भी बचना चाहती हूँ, न जाने और कितनी लीलाएँ देखूँ।"

सत्संग का नशा

एक मोर को किसी ने चार बजे अफीम खिला दी। दूसरे दिन से वह अफीमची मोर ठीक चार बजे आ जाता था!

वैसे ही भक्त के मन में दिन-रात यही पड़ा रहता है। कब जाऊँ, कब भगवान् को देखूँ, इसी विचार में रहता है। यहाँ मानो कोई खींच ले आता है।

विचार नहीं, अनुभूति करो

पद्मलोचन बड़ा ज्ञानी था, परंतु मैं 'माँ-माँ' कहकर प्रार्थना करता था, तो भी वह मुझे खूब मानता था, वह बर्दवान राज का सभापंडित था। कलकत्ता में आया था। कामारहाटी के पास एक बाग में रहता था। पंडित को देखने की मेरी इच्छा हुई। मैंने हृदय को यह जानने के लिए भेजा कि पंडित को अभिमान है या नहीं। सुना कि अभिमान नहीं है।

मुझसे उसकी भेंट हुई। वह तो इतना ज्ञानी और पंडित था, परंतु मेरे मुँह से रामप्रसाद के गाने सुनकर रो पड़ा। बातें करके ऐसा सुख मुझे कहीं और नहीं मिला। उसने मुझसे कहा, "भक्तों का संग करने की कामना त्याग दो, नहीं तो तरह-तरह के लोग हैं, वे तुमको गिरा देंगे।"

वैष्णव चरण के गुरु उत्सवानंद से उसने पत्र-व्यवहार करके विचार किया था, मुझसे कहा, "आप भी जरा सुनिए।"

एक सभा में विचार हुआ था, शिव बड़े हैं या ब्रह्म? अंत में पंडितों ने पद्मलोचन से पूछा। पद्मलोचन ऐसा सरल था कि उसने कहा, "मेरे चौदह पुरखों में से किसी ने न तो शिव को देखा और न ब्रह्म को ही।"

नररूपी नारायण

मिट्टी की मूर्ति में तो उनकी पूजा होती है और मनुष्यों में नहीं हो सकती? एक सौदागर लंका के पास जहाज के डूब जाने से लंका के तट पर ही बहकर किनारे लग गया। विभीषण के आदमी उसको विभीषण के पास ले गए। "अहा! मेरे रामचंद्र जैसी इसकी मूर्ति है। वही नर-रूप।"

यह कहकर विभीषण आनंद मनाने लगे। उस आदमी को तरह-तरह के कपड़े पहनाकर उसकी पूजा-आरती की।

यह बात जब मैंने पहले-पहले सुनी थी, तब मुझे इतना आनंद हुआ था, जिसका ठिकाना नहीं।

ईश्वर कब हँसते हैं

भगवान् दो बातों पर हँसते हैं—एक तो जब वैद्य रोगी की माँ से कहता है, "माँ, क्या भय है? मैं तुम्हारे लड़के को अच्छा कर दूँगा।" उस समय भगवान् यह सोचकर हँसते हैं कि मैं मार रहा हूँ और यह कहता है, मैं बचाऊँगा। वैद्य सोचता है कि मैं कर्ता हूँ। ईश्वर कर्ता है, यह वह भूल गया है।

दूसरा अवसर वह होता है, जब दो भाई रस्सी लेकर जमीन नापते हैं और कहते हैं, "इधर की मेरी है, उधर की तुम्हारी।" तब ईश्वर और एक बार हँसते हैं; यह सोचकर हँसते हैं कि सकल ब्रह्मांड मेरा है, पर ये कहते हैं, यह जगह मेरी है और यह तुम्हारी।

सब यथासमय होता है

समय हुए बिना कुछ नहीं होता। जब रोग अच्छा होने को हुआ, तो वैद्य ने कहा, "इस पत्ते को काली मिर्च के साथ पीसकर खाना।" उसके बाद रोग दूर हो गया। अब कालीमिर्च के साथ दवा खाकर अच्छा हुआ या यों ही रोग ठीक हो गया, कौन कह सकता है?

समय हुए बिना कुछ नहीं होता। जब रोग अच्छा होने को हुआ, तो वैद्य ने कहा, "इस पत्ते को काली मिर्च के साथ पीसकर खाना।" उसके बाद रोग दूर हो गया। अब कालीमिर्च के साथ दवा खाकर अच्छा हुआ या यों ही रोग ठीक हो गया, कौन कह सकता है?

लक्ष्मण ने लव-कुश से कहा, "तुम बच्चे हो, श्रीरामचंद्र को नहीं जानते। उनके पदस्पर्श से अहिल्या पत्थर से मानवी बन गईं।"

लव-कुश बोले, "महाराज! हम सब जानते हैं; सब सुना है। पत्थर से जो मानवी बनी, यह मुनि का वचन था। गौतम मुनि ने कहा था कि त्रेतायुग में श्रीरामचंद्र उस आश्रम के पास से

होकर जाएँगे, उनके चरणस्पर्श से तुम फिर मानवी बन जाओगी। सो अब राम के गुण से बनी या मुनि के वचन से, कौन कह सकता है?"

पियो प्याला प्रेम का

लड़के ने बाप से कहा, "पिताजी, आप थोड़ी सी शराब चख लीजिए और उसके बाद यदि मुझसे कहेंगे कि मैं शराब पीना छोड़ दूँ, तो छोड़ दूँगा।"

शराब चखने के बाद बाप ने कहा, "बेटा, तुम चाहो तो शराब छोड़ दो, मुझे इसमें कोई आपत्ति नहीं है, परंतु मैं स्वयं तो अब बिल्कुल न छोड़ूँगा।"

सिद्ध महापुरुषों की अवस्थाएँ

रानी रासमणि के कालीमंदिर में एक बार एक पागल सा साधु आया था। एक दिन उसे कुछ खाने को नहीं मिला, पर उसने किसी से कुछ नहीं माँगा। एक जगह एक कुत्ते को जूठी पत्तलों में से जूठन खाते देख वह उसका कान पकड़कर बोला, "तुम खाते हो, हमको नहीं देते?"

रानी रासमणि के कालीमंदिर में एक बार एक पागल सा साधु आया था। एक दिन उसे कुछ खाने को नहीं मिला, पर उसने किसी से कुछ नहीं माँगा। एक जगह एक कुत्ते को जूठी पत्तलों में से जूठन खाते देख वह उसका कान पकड़कर बोला, "तुम खाते हो, हमको नहीं देते?"

और उसी के साथ खाने लग गया। फिर काली-माता के मंदिर में जाकर उसने ऐसी अपूर्व स्तवस्तुति की कि मंदिर मानो कंपित हो उठा। बाद में जब वह जाने लगा, तब श्रीरामकृष्ण ने अपने भानजे हृदय को उसके साथ जाकर देखने को कहा। हृदय के उसके पीछे-पीछे थोड़ी दूर जाते ही उस

साधु ने पलटकर कहा, "तू क्यों आ रहा है ?"

हृदय ने कहा, "मैं कुछ उपदेश चाहता हूँ।"

तब साधु ने कहा, "जिस समय तुझे नाले का यह पानी और वह गंगा का पानी दोनों एक प्रतीत होंगे; जिस समय यह शहनाई की आवाज और कोलाहल की आवाज एक ही मालूम होंगी, उस समय तुझे ठीक-ठीक ज्ञानलाभ होगा।"

श्रीरामकृष्ण कहा करते, "उस व्यक्ति की ज्ञानोन्माद-अवस्था थी। सिद्ध पुरुष संसार में बालकवत्, पिशाचवत् या उन्मत्तवत् विचरण किया करते हैं।"

सबमें वही एक ईश्वर है

एक बार दक्षिणेश्वर में दो साधु आए थे। वे दोनों बाप-बेटे थे। बेटे को ज्ञान हुआ था, बाप को नहीं। श्रीरामकृष्ण जिस कमरे में रहते थे, उसमें वे दोनों बैठे हुए उनके साथ वार्त्तालाप कर रहे थे। इतने में कमरे में चूहे के बिल में से एक गोखुरा साँप निकला और उसने बेटे को डस लिया। यह देखकर उसका बाप बहुत ही घबरा गया और लोगों को बुलाने लगा, पर बेटा स्थिर बैठा रहा। बाप की घबराहट को देख वह हँस पड़ा। बाप नाराज हो उसे डाँटने लगा। तब वह बोला, "कौन साँप है और उसने किसको काटा है ?"

एक बार दक्षिणेश्वर में दो साधु आए थे। वे दोनों बाप-बेटे थे। बेटे को ज्ञान हुआ था, बाप को नहीं। श्रीरामकृष्ण जिस कमरे में रहते थे, उसमें वे दोनों बैठे हुए उनके साथ वार्त्तालाप कर रहे थे। इतने में कमरे में चूहे के बिल में से एक गोखुरा साँप निकला और उसने बेटे को डस लिया।

उसे एकत्व का बोध हो गया था; ऐसी स्थिति में साँप और मनुष्य में भेद नहीं दिखाई देता।

मारनेवाला और दूध पिलानेवाला एक ही है

जमींदार उस समय बहुत गुस्से में था, उसने अपना सारा गुस्सा साधु पर ही उतारा। उसने साधु को इतना पीटा कि वे बेहोश होकर गिर पड़े। तब किसी ने मठ में जाकर खबर दी कि तुम्हारे किसी साधु को जमींदार ने बहुत मारा है। सुनकर मठ के साधु दौड़े आए। उन्होंने देखा कि वे साधु महाराज बेहोश पड़े हुए हैं। तब वे उन्हें उठाकर मठ में ले आए और एक कमरे में सुला दिया।

किसी स्थान पर एक मठ था। मठ के साधु-महात्मा रोज भिक्षा के लिए जाया करते थे। एक दिन एक साधु भिक्षा माँगने गया तो देखा कि एक जमींदार किसी गरीब आदमी को खूब पीट रहा है। साधु बड़े दयालु थे। उन्होंने बीच में पड़कर जमींदार को उसे मारने से मना किया। जमींदार उस समय बहुत गुस्से में था, उसने अपना सारा गुस्सा साधु पर ही उतारा। उसने साधु को इतना पीटा कि वे बेहोश होकर गिर पड़े। तब किसी ने मठ में जाकर खबर दी कि तुम्हारे किसी साधु को जमींदार ने बहुत मारा है। सुनकर मठ के साधु दौड़े आए। उन्होंने देखा कि वे साधु महाराज बेहोश पड़े हुए हैं। तब वे उन्हें उठाकर मठ में ले आए और एक कमरे में सुला दिया।

साधु बेहोश थे, मठ के लोग उनके चारों ओर विदग्ध होकर बैठे थे। कोई पंखा झल रहा था, तो कोई चेहरे पर पानी छिड़क रहा था। एक ने कहा, "इनके मुँह में जरा दूध डालकर देखें।"

मुँह में थोड़ा-थोड़ा दूध डालते-डालते साधु को होश आया। वे आँखें खोलकर ताकने लगे। तब किसी ने कहा, "देखें, पूरा होश आया है या नहीं, लोगों को पहचान सकते हैं या नहीं?"

यह कहकर उसने ऊँची आवाज में साधु ने पूछा, "क्यों महाराज,

आपको दूध कौन पिला रहा है?"

साधु ने धीमे स्वर में कहा, "भाई, जिसने मुझे मारा था, वही अब दूध पिला रहा है।"

ईश्वर को जाने बिना, पाप-पुण्य के परे गए बिना, ऐसी अवस्था नहीं होती।

भेदबुद्धि अज्ञानजनित है

एक बार जनक राजा की सभा में एक संन्यासिनी आई। उसे देख जनक ने सिर नीचा कर लिया, आँखें झुका लीं।

यह देख संन्यासिनी बोलीं, "हे जनक! तुम्हें अब भी स्त्रियों को देख इतना भय लगता है!"

पूर्णज्ञान हो जाने पर पाँच साल के बच्चे का यह स्वभाव हो जाता है, तब 'यह स्त्री है और यह पुरुष' इस प्रकार भेदबुद्धि नहीं रहती।

भेदबुद्धि अज्ञान से

शंकराचार्य तो ब्रह्मचर्य थे, पर पहले उनमें भेदबुद्धि भी थी। वैसा विश्वास न था। चांडाल मांस का बोझ लिये आ रहा था, वे गंगास्नान करके ही उठे थे कि चांडाल से स्पर्श हो गया। कह उठे, "अरे! तूने मुझे छू लिया!"

चांडाल ने कहा, "महाराज, न आपने मुझे छुआ, न मैंने आपको! शुद्ध आत्मा—न वह शरीर है, न पंचभूत है और न चौबीस तत्त्व है।" तब शंकर को ज्ञान हुआ।

शंकराचार्य तो ब्रह्मचर्य थे, पर पहले उनमें भेदबुद्धि भी थी। वैसा विश्वास न था। चांडाल मांस का बोझ लिये आ रहा था, वे गंगास्नान करके ही उठे थे कि चांडाल से स्पर्श हो गया। कह उठे, "अरे! तूने मुझे छू लिया!"

अवधूत और उनके गुरु

ठीक-ठीक आंतरिकता के साथ व्याकुल प्राणों से यदि कोई उन्हें पुकार सके तो उसके लिए गुरु की आवश्यकता नहीं होती; परंतु साधारणतया ऐसी व्याकुलता नहीं दिखाई देती, इसीलिए गुरु की आवश्यकता है। गुरु एक ही होता है, परंतु उपगुरु अनेक हो सकते हैं। जिस किसी के पास कुछ शिक्षा प्राप्त हो, वही उपगुरु है। अवधूत के इस प्रकार चौबीस उपगुरु थे।

बहेलिया—एक दिन एक मैदान पर से चलते हुए अवधूत ने देखा कि सामने से ढोल-नगाड़े बजाते हुए बड़ी धूमधाम के साथ एक बारात आ रही है। पास ही में एक बहेलिया दत्तचित्त होकर एक चिड़िया पर निशाना साध रहा है। वह अपने लक्ष्य में इतना तल्लीन था कि इतने नजदीक से इतनी धूमधाम के साथ आनेवाली बारात की ओर उसने एक बार भी नजर उठाकर नहीं देखा। अवधूत ने उस बहेलिए को नमस्कार करते हुए कहा, "महाराज! आप मेरे गुरु हैं। जब मैं ध्यान करने बैठूँ, तब मेरा मन भी इसी तरह ध्येयवस्तु पर एकाग्र रहे।"

एक आदमी मछली पकड़ रहा था। अवधूत ने उसके निकट आकर पूछा, "भाई, अमुक जगह जाने का रास्ता कौन सा है?" उस समय उसकी बंसी हिलने लगी थी; मछली काँटे में लगे चारे को खाने लगी थी। वह आदमी बंसी की ओर एकटक देखते हुए निःस्तब्ध बैठा रहा।

मछली पकड़नेवाला आदमी—एक आदमी मछली पकड़ रहा था। अवधूत ने उसके निकट आकर पूछा, "भाई, अमुक जगह जाने का रास्ता कौन सा है?" उस समय उसकी बंसी हिलने लगी थी; मछली काँटे में लगे चारे को खाने लगी थी। वह आदमी बंसी की ओर एकटक देखते हुए निःस्तब्ध बैठा रहा। जब मछली काँटे में फँस गई तो उसे निकालकर वह अवधूत की ओर मुड़कर बोला,

"आप क्या कह रहे थे?" अवधूत ने उसे प्रणाम करते हुए कहा, "आप मेरे गुरु हैं। जब मैं परमात्मा के ध्यान में बैठूँ, तब मैं इसी तरह कार्यसिद्ध हुए बिना दूसरी ओर ध्यान न दूँ।"

चील—एक चील को चोंच में एक मछली पकड़े हुए उड़ते देख सैकड़ों कौए और चील उसका पीछा करने लगे तथा उसे नोंच मारते और काटते हुए उस मछली को छीनने की कोशिश करने लगे। वह चील जिधर जाती, ये कौए और चील भी चिल्लाते हुए उधर ही जाते। अंत में परेशान होकर उसने मछली फेंक दी। तुरंत ही दूसरी चील ने वह झपट ली। देखते-ही-देखते सभी कौओं और चीलों ने पहली चील को छोड़ दूसरी का पीछा करना शुरू किया। तब पहली चील निश्चिंत होकर एक पेड़ की डाली पर चुपचाप बैठ गई। उसकी इस शांत और निश्चिंत अवस्था को देख अवधूत ने उसे प्रणाम करते हुए कहा, "तुम मेरी गुरु हो! तुमने मुझे सिखाया कि संसार की वासनाओं और उपाधियों को छोड़ देने से ही शांति मिल सकती है, वरना महान् विपत्तियाँ झेलनी पड़ती हैं।"

एक चील को चोंच में एक मछली पकड़े हुए उड़ते देख सैकड़ों कौए और चील उसका पीछा करने लगे तथा उसे नोंच मारते और काटते हुए उस मछली को छीनने की कोशिश करने लगे। वह चील जिधर जाती, ये कौए और चील भी चिल्लाते हुए उधर ही जाते। अंत में परेशान होकर उसने मछली फेंक दी। तुरंत ही दूसरी चील ने वह झपट ली।

बगुला—किसी तालाब के किनारे एक बगुला एक मछली को पकड़ने के लिए बड़ी सावधानी से धीरे-धीरे आगे बढ़ रहा था और पीछे से एक बहेलिया उस बगुले पर निशाना लगा रहा था, पर बगुले का उस ओर तनिक भी ध्यान नहीं था। अवधूत ने उस बगुले को नमस्कार करते हुए कहा, "जब मैं ध्यान में बैठूँ, तब मैं भी इसी प्रकार पीछे मुड़कर न देखूँ।"

मधुमक्खी—अवधूत की एक आचार्या और थी—मधुमक्खी। मधुमक्खी बड़े परिश्रम से कितने ही दिनों में मधु-संचय करती है, परंतु उस मधु का भोग वह स्वयं नहीं कर पाती। छत्ता कोई दूसरा ही आकर तोड़ ले जाता है। मधुमक्खी से अवधूत को यह शिक्षा मिली कि संचय नहीं करना चाहिए। साधु-संतों को सोलहों आने ईश्वर पर अवलंबित रहना चाहिए।

अपने स्वरूप को पहचानो

एक बार बकरियों के झुंड पर एक बाघिन झपट पड़ी। बाघिन गाभिन थी। कूदते समय उसे बच्चा पैदा हो गया और वह मर गई। वह बच्चा बकरियों के साथ पलने लगा। बकरियों के साथ बच्चा काफी बड़ा हो गया।

एक दिन बकरियों के झुंड में एक बाघ आ गया। वह घास चरनेवाले उस बाघ को देख आश्चर्य से दंग हो गया। उसने दौड़कर उसे पकड़ लिया। वह 'में-में' कर चिल्लाने लगा। वह उसे घसीटते हुए जलाशय के पास ले गया और बोला, "देख, जल के भीतर अपना मुँह देख। देख, तू ठीक मेरे ही जैसा है और यह ले थोड़ा सा मांस, इसे खा।"

एक दिन बकरियों के झुंड में एक बाघ आ गया। वह घास चरनेवाले उस बाघ को देख आश्चर्य से दंग हो गया। उसने दौड़कर उसे पकड़ लिया। वह 'में-में' कर चिल्लाने लगा। वह उसे घसीटते हुए जलाशय के पास ले गया और बोला, "देख, जल के भीतर अपना मुँह देख। देख, तू ठीक मेरे ही जैसा है और यह ले थोड़ा सा मांस, इसे खा।"

यह कहकर वह उसे जबरदस्ती मांस खिलाने लगा। पहले तो वह किसी तरह राजी नहीं हो रहा था, 'में-में' कर चिल्ला रहा था, पर अंत में रक्त का स्वाद पाकर खाने लगा। तब नए बाघ ने कहा, "अब समझा न कि जो मैं हूँ, वही तू भी है! अब आ, मेरे साथ वन में चल।"

गुरु की कृपा होने पर कोई भय नहीं है। वे तुम्हें बतला देंगे, तुम कौन हो, तुम्हारा स्वरूप क्या है।

कामिनी-कांचन के गुलाम

एक उम्मीदवार बड़े बाबू के पास जाते-जाते हैरान हो गया। काम किसी तरह नहीं मिला। बाबू ऑफिस के बड़े बाबू थे। वे कहते थे, 'अभी जगह खाली नहीं है, मिलते रहना।' इस तरह बहुत समय कट गया। उम्मीदवार हताश हो गया। वह अपने एक मित्र से अपना दुःख रो रहा था।

एक उम्मीदवार बड़े बाबू के पास जाते-जाते हैरान हो गया। काम किसी तरह नहीं मिला। बाबू ऑफिस के बड़े बाबू थे। वे कहते थे, 'अभी जगह खाली नहीं है, मिलते रहना।' इस तरह बहुत समय कट गया। उम्मीदवार हताश हो गया। वह अपने एक मित्र से अपना दुःख रो रहा था।

मित्र ने कहा, "तू भी अक्ल का दुश्मन ही है! अरे उसके पास क्यों दौड़-धूप कर रहा है? गुलाबजान के पास जा, उससे सिफारिश करा, तो काम हो जाएगा।"

उम्मीदवार बोला, "ऐसी बात है! तो मैं अभी जाता हूँ।"

गुलाबजान बड़े बाबू की रखैल है। उम्मीदवार उससे मिला। कहा, "माँ, तुम्हारे बिना किए नहीं होगा, मैं बड़ी विपत्ति में पड़ गया हूँ। ब्राह्मण का बच्चा हूँ, कहाँ मारा-मारा फिरूँ? माँ, बहुत दिनों से कामकाज कुछ नहीं मिला, लड़के-बच्चे भूखे मर रहे हैं, तुम्हारे एक बार के कहने ही से मेरा मनोरथ सिद्ध हो जाएगा।"

गुलाबजान ने उस ब्राह्मण से पूछा, "बेटा, किससे कहना होगा?"

उम्मीदवार ने कहा, "बड़े बाबू से जरा आप कह दें तो मुझे जरूर काम मिल जाए।"

गुलाबजान ने कहा, "मैं आज ही बड़े बाबू से कहकर सब ठीक करा दूँगी।"

दूसरे दिन सुबह को उम्मीदवार के पास एक आदमी जाकर हाजिर हुआ। उसने कहा, "आप आज से ही बड़े बाबू के ऑफिस जाया कीजिए।"

बड़े बाबू ने साहब से कहा, "ये बड़े ही योग्य हैं, इन्हें काम पर मैंने रख लिया है। ऑफिस का काम ये बड़ी तत्परता के साथ कर सकेंगे।"

जैसा भाव, वैसा लाभ

जैसा भाव होता है, लाभ भी वैसा ही होता है। रास्ते से दो मित्र जा रहे थे। एक जगह भागवत पाठ चल रहा था। एक मित्र ने कहा, "आओ भाई, जरा भागवत सुनें।" दूसरे ने जरा झाँककर देखा। फिर वहाँ से वेश्या के घर चला गया।

जैसा भाव होता है, लाभ भी वैसा ही होता है। रास्ते से दो मित्र जा रहे थे। एक जगह भागवत पाठ चल रहा था। एक मित्र ने कहा, "आओ भाई, जरा भागवत सुनें।" दूसरे ने जरा झाँककर देखा। फिर वहाँ से वेश्या के घर चला गया। वहाँ कुछ देर बाद उसके मन में बड़ी विरक्ति हो आई। वह आप ही आप कहने लगा, "मुझे धिक्कार है! मेरा मित्र तो भगवत सुन रहा है और मैं यहाँ कहाँ पड़ा हूँ?"

इधर जो व्यक्ति भागवत सुन रहा था, वह भी अपने मन को धिक्कार रहा था। वह कह रहा था, "मैं कैसा मूर्ख हूँ! यह पंडित न जाने क्या बक रहा है और मैं यहाँ बैठा हुआ हूँ! मेरा मित्र कैसे आनंद में होगा!"

जब ये दोनों मरे, तब जो भागवत सुन रहा था, उसे तो यमदूत ले गए और जो वेश्या के घर गया था, उसे विष्णु के दूत बैकुंठ में ले गए।

भगवान् मन देखते हैं। कौन क्या कर रहा है, कहाँ पड़ा हुआ है, यह नहीं देखते। 'भावग्राही जनार्दनः।'

महागुरु का हुक्म

एक पंडितजी के शिष्य की कपड़े की दुकान थी। एक बार पंडितजी को पोथी-पत्रा बाँधने के लिए एक खंड कपड़े की जरूरत पड़ी। उन्होंने अपने शिष्य की दुकान में आकर अपनी आवश्यकता जताई। शिष्य कहने लगा, “अरे महाराज, पहले बतलाने से अच्छा होता। अभी कुछ ही दिन पहले एक खंड बचा था, पर मैंने वह एक जन को दे दिया। खैर, अबकी अगर छोटा खंड बचे तो आपके लिए रख दूँगा, पर आप बीच-बीच में आकर खबर लेते रहिए।”

एक पंडितजी के शिष्य की कपड़े की दुकान थी। एक बार पंडितजी को पोथी-पत्रा बाँधने के लिए एक खंड कपड़े की जरूरत पड़ी। उन्होंने अपने शिष्य की दुकान में आकर अपनी आवश्यकता जताई। शिष्य कहने लगा, “अरे महाराज, पहले बतलाने से अच्छा होता। अभी कुछ ही दिन पहले एक खंड बचा था, पर मैंने वह एक जन को दे दिया।

गुरुजी उसकी बात मानकर जाने लगे। इधर शिष्य की पत्नी घर के भीतर से सब देख रही थी। गुरुजी को जाते देख, उसने आदमी भिजवाकर उन्हें घर के अंदर बुला भेजा। गुरुजी अंदर आए। शिष्य की पत्नी ने पूछा, “महाराज, आप मालिक से क्या माँग रहे थे?”

गुरुजी ने सब बातें बतला दीं। तब शिष्य-पत्नी ने कहा, “तो आप जाइए, कल ही आपके यहाँ कपड़ा भिजवा देती हूँ।”

गुरुजी “ठीक है” कहकर चल दिए। रात को जब वह शिष्य दुकान बंद कर घर आया तो उसकी पत्नी ने पूछा, “क्या तुम दुकान बंद करके आए हो?”

वह बोला, “हाँ, क्यों भला?”

तुम अभी आकर मेरे लिए दो अच्छे खंड कपड़े ले आओ।”

शिष्य कहने लगा, "उसमें क्या रखा है? मैं कल ही तुम्हें दो बहुत अच्छे खंड ला दूँगा।"

पत्नी बोली, "नहीं-नहीं, यह नहीं होगा, अभी ले आओ!"

आखिर शिष्य बेचारा क्या करता। यह तो गुरु नहीं थे कि बीच-बीच में आकर खबर लेने को कहा जाए, वह तो गुरु के भी गुरु महागुरु का हुक्म था। इसकी बात तो टाली नहीं जा सकती थी। निरुपाय होकर उसने रात को फिर दुकान खोली और दो खंड कपड़े ले आया। दूसरे दिन सवेरे ही शिष्य-पत्नी ने एक जन के हाथ उन खंडों को गुरुजी के यहाँ भिजवाकर उनसे कहने को कहा, "अब से आपको जो जरूरत लगे, उसके लिए आप मुझसे कहा कीजिएगा।"

आखिर शिष्य बेचारा क्या करता। यह तो गुरु नहीं थे कि बीच-बीच में आकर खबर लेने को कहा जाए, वह तो गुरु के भी गुरु महागुरु का हुक्म था। इसकी बात तो टाली नहीं जा सकती थी। निरुपाय होकर उसने रात को फिर दुकान खोली और दो खंड कपड़े ले आया।

आधुनिक जनक

एक बार एक आधुनिक विद्या-विभूषित शिक्षित व्यक्ति श्रीरामकृष्ण के साथ तर्क-वितर्क कर रहा था। उसका मत यह था कि संसार में रहकर भी संसार से निर्लिप्त रहा जा सकता है।

श्रीरामकृष्ण ने उससे कहा, "तुम लोगों के 'निर्लिप्त संसारी' कैसे होते हैं, जानते हो?"

एक घर में एक गरीब ब्राह्मण कुछ सहायता माँगने गया। उस घर का मालिक ऐसा ही एक 'निर्लिप्त संसारी' था, यानी वह अपने हाथ में एक पैसा भी नहीं रखता था, सबकुछ पत्नी के हाथ में सौंप देता था। मालिक ने कहा, "महाराज, मैं तो रुपए-पैसों को छूता तक नहीं। आप फिजूल ही मेरे से माँग रहे हैं।"

लालाजी तो 'निर्लिप्त संसारी' ठहरे! निरुपाय होकर उन्होंने, पत्नी ने जो दिया, वही रख लिया और दूसरे दिन उस ब्राह्मण को दे दिया। तो ऐसे निर्लिप्त संसारियों का यही हाल है, उनका स्वयं का कोई बस नहीं चलता। वे गृहस्थी के कामकाज की ओर स्वयं ध्यान नहीं दे पाते, इसलिए सोचते हैं कि वे निर्लिप्त, निरासक्त पुरुष हैं; परंतु वास्तव में वे जोरू के गुलाम होते हैं, हमेशा अपनी पत्नी के इशारे पर चला करते हैं।

ब्राह्मण भी किसी हालत में छोड़नेवाला नहीं था, वह बहुत आरजू-मिन्नत करने लगा। जब घर के मालिक ने देखा कि वह कुछ पाए बिना छोड़नेवाला नहीं है तो वह बोला, "अच्छा, तो आप कल आइए, देखूँ आपके लिए यदि कुछ कर सकूँ।"

फिर उसने घर के अंदर जाकर पत्नी से कहा, "देखो, एक गरीब ब्राह्मण बड़े संकट में पड़ गया है, उसे एक रुपया देना होगा।"

सुनते ही उसकी पत्नी गुस्से से तिलमिलाकर बोली, "वाह! तुम तो बहुत बड़े दाता बन गए! रुपए-पैसे क्या घास-पत्ते जैसे हो गए हैं कि तोड़कर दे दिए जाएँ।"

लालाजी तब सकपकाकर धीरे-धीरे विनती के स्वर में कहने लगे, "गरीब आदमी है; बहुत पीछे पड़ा है; एक रुपया दिए बिना नहीं चल सकता।"

तब मालकिन ने काफी विरोध के बाद एक दुअन्नी निकालकर झल्लाते हुए कहा, "मैं रुपया हरगिज नहीं दे सकूँगी। यह दुअन्नी ले जाओ।"

लालाजी तो 'निर्लिप्त संसारी' ठहरे! निरुपाय होकर उन्होंने, पत्नी ने जो दिया, वही रख लिया और दूसरे दिन उस ब्राह्मण को दे दिया। तो ऐसे निर्लिप्त संसारियों का यही हाल है, उनका स्वयं का कोई बस नहीं चलता। वे गृहस्थी के कामकाज की ओर स्वयं ध्यान नहीं दे पाते, इसलिए सोचते हैं

कि वे निर्लिप्त, निरासक्त पुरुष हैं; परंतु वास्तव में वे जोरू के गुलाम होते हैं, हमेशा अपनी पत्नी के इशारे पर चला करते हैं।

संन्यासी का पतन

एक देश में शूद्र मनसुआ के बहुत से चेले हो गए थे। शूद्र को सब लोग प्रणाम करते हैं, यह देखकर वहाँ के जमींदार ने उसके पीछे किसी बदमाश को भिड़ा दिया। उसने उसका धर्म नष्ट कर दिया। साधन-भजन सब मिट्टी में मिल गया। पतित संन्यासी भी वैसा ही होता है।

संन्यासी के लिए रुपए लेना या लोभ में फँस जाना कैसा है, जानते हो? जैसे ब्राह्मण की विधवा बहुत दिनों तक आचार और ब्रह्मचर्य से रहकर एक दिन एक नीच शूद्र के साथ भाग गई थी।

एक देश में शूद्र मनसुआ के बहुत से चेले हो गए थे। शूद्र को सब लोग प्रणाम करते हैं, यह देखकर वहाँ के जमींदार ने उसके पीछे किसी बदमाश को भिड़ा दिया। उसने उसका धर्म नष्ट कर दिया। साधन-भजन सब मिट्टी में मिल गया। पतित संन्यासी भी वैसा ही होता है।

नारी जगन्माता की मूरत

किसी के पूछने पर कि 'आप अपनी पत्नी के साथ गृहस्थी क्यों नहीं करते', श्रीरामकृष्ण ने उत्तर दिया, "एक दिन गणेश ने एक बिल्ली को नाखून से खरोंच दिया था। घर जाकर उन्हें माता पार्वती के गाल पर नाखून के चिह्न दिखाई दिए। उन्होंने पूछा, 'माँ, तुम्हारे गाल पर ये नाखून के दाग कैसे आए?'

जगज्जननी बोली, 'बेटा, यह तुम्हारे ही नाखून के दाग हैं।'

गणेश ने आश्चर्य से पूछा, 'भला, मेरे नाखून तुम्हारे गाल पर कब लगे?'

पार्वती ने कहा, 'बेटा, क्या तुम्हें याद नहीं कि सवेरे तुमने एक बिल्ली को नोचा था?'

गणेश बोले, 'बिल्ली को नोचा तो था, पर तुम्हारे गाल पर दाग कैसे बना?'

पार्वती बोलीं, 'बेटा! इस संसार में मेरे सिवा कुछ नहीं है। सभी जीव-जंतु, सारी सृष्टि मैं ही हूँ। तुम किसी को भी चोट पहुँचाओ, वह चोट मुझी को पहुँचेगी।'

सुनकर गणेश आश्चर्यचकित हो गए और उन्होंने आजीवन विवाह न करने की प्रतिज्ञा की। भला विवाह किससे करें? जिससे विवाह करने जाएँ, वे तो उनकी माँ ही हैं! सर्वत्र सभी नारियों में माँ की सत्ता का ज्ञान होने के कारण उनके लिए विवाह करना संभव नहीं हो सका। मेरी भी यही अवस्था है। मैं नारी मात्र को अपनी माता समझता हूँ।"

रुपए का अहंकार

किसी मेढक के पास एक रुपया था। वह एक बिल में रखा रहता था। एक हाथी उस बिल को लाँघ गया। तब मेढक बिल से निकलकर बड़े गुस्से में आकर लगा हाथी को लात दिखाने और बोला, "तुझे इतनी हिम्मत कि मुझे लाँघ जाए!"

माया

माया के अधीन हो ब्रह्म भी रोता है। हिरण्याक्ष का वध कर, वराह-अवतार बच्चे लेकर रह रहे थे। आत्मविस्मृत होकर उन्हें स्तनपान करा रहे थे! देवताओं ने परामर्श करके शिवजी को भेज दिया। शिवजी ने त्रिशूल के आघात से वराह का शरीर विनष्ट कर दिया, तब वे स्वधाम में पधारे! शिवजी ने पूछा था, "तुम आत्मविस्मृत क्यों हो गए हो?" इस पर उन्होंने कहा था, "मैं बहुत अच्छा हूँ!"

माया के अधीन हो ब्रह्म भी रोता है। हिरण्याक्ष का वध कर, वराह-अवतार बच्चे लेकर रह रहे थे। आत्मविस्मृत होकर उन्हें स्तनपान करा रहे थे! देवताओं ने परामर्श करके शिवजी को भेज दिया।

सभी उस महामाया आद्याशक्ति के

अधीन हैं। अवतार आदि तक उस माया का आश्रय लेकर ही लीला करते हैं; इसीलिए वे आद्याशक्ति की पूजा करते हैं।

माया आती है और जाती है

दक्षिणेश्वर मंदिर के नौबतखाने में एक साधु आकर रहे थे। वे महात्मा किसी के साथ बातचीत आदि न करके सर्वदा ध्यान-भजन में ही मग्न रहा करते थे। एक दिन अचानक बादल उठे, चारों ओर अँधेरा छा गया। थोड़ी देर बाद फिर जोरदार हवा आई और बादल हट गए। यह देखकर महात्मा बाहर निकलकर नौबतखाने के बरामदे में जाकर हँसने और नाचने लगे। उन्हें इस दशा में देखकर श्रीरामकृष्णदेव ने उनसे कहा, "तुम तो घर के अंदर चुपचाप बैठे रहते हो, आज इतना आनंद कैसे मना रहे हो?"

दक्षिणेश्वर मंदिर के नौबतखाने में एक साधु आकर रहे थे। वे महात्मा किसी के साथ बातचीत आदि न करके सर्वदा ध्यान-भजन में ही मग्न रहा करते थे। एक दिन अचानक बादल उठे, चारों ओर अँधेरा छा गया। थोड़ी देर बाद फिर जोरदार हवा आई और बादल हट गए। यह देखकर महात्मा बाहर निकलकर नौबतखाने के बरामदे में जाकर हँसने और नाचने लगे।

साधु बोले, "संसार की माया ऐसी ही है, पहले आसमान साफ था, अकस्मात् बादलों ने आकर अँधेरा कर दिया, फिर थोड़ी देर में जैसा पहले था, वैसा ही हो गया!"

इसी का नाम माया है

माया को समझना कठिन है। किसी समय महर्षि नारद ने भगवान् विष्णु से कहा था, "प्रभो, मुझे अपनी माया के दर्शन कराओ।"

भगवान् बोले, "तथास्तु।" इसके कुछ दिनों बाद एक दिन नारद को साथ ले भगवान् घूमने निकले। बहुत दूर घूमते हुए भगवान् को प्यास लगी। प्यास के मारे वे अधीर हो गए और नारद से बोले, "नारद! कहीं से पानी लाकर मेरी प्यास बुझाओ।"

नारद तुरंत पानी लाने चल पड़े।

पास कहीं पानी नहीं मिला। थोड़ी दूर पर एक नदी दिखाई दे रही थी। नारद ने नदी के समीप देखा, एक बड़ी सुंदर युवती बैठी हुई है। नारद उसका रूप देख मोहित हो गए। निकट जाते ही वह रमणी उनके साथ मधुर वार्त्तालाप करने लगी। थोड़े ही समय में दोनों के बीच परस्पर प्रणय हो गया। नारद ने उसके साथ विवाह कर वहीं गृहस्थी बसा ली। धीरे-धीरे उनके कई संतानें हुईं। नारद उन बाल-बच्चों के साथ सुख से गृहस्थी चलाने लगे।

चारों ओर लोग मरने लगे। नारद ने स्त्री-पुत्रों को ले उस स्थान को छोड़ दूर भाग जाने का विचार किया। उनकी स्त्री भी इस बात से सहमत हुई। तब बच्चों को ले, दोनों चलने लगे, पर जब वे नदी पार करने लगे तो जोरों से बाढ़ आ गई और उसमें एक के बाद एक उनके सभी बच्चे बह गए।

कुछ दिनों में उस स्थान पर बड़ी महामारी फैली। चारों ओर लोग मरने लगे। नारद ने स्त्री-पुत्रों को ले उस स्थान को छोड़ दूर भाग जाने का विचार किया। उनकी स्त्री भी इस बात से सहमत हुई। तब बच्चों को ले, दोनों चलने लगे, पर जब वे नदी पार करने लगे तो जोरों से बाढ़ आ गई और उसमें एक के बाद एक उनके सभी बच्चे बह गए। अंत में पत्नी भी बह गई। नारद उनके लिए शोक से व्याकुल हो क्रंदन करने लगे। उसी समय भगवान् ने आकर कहा, "क्यों नारद, पानी कहाँ है और तुम रो क्यों रह हो?"

भगवान् के दर्शन पा नारद विस्मित हुए और सारी बात उनकी समझ

में आ गई। तब वे कहने लगे, "भगवन्, तुम्हें प्रणाम और तुम्हारी माया को भी प्रणाम!"

माया को पहचानते ही वह भाग जाती है

एक पंडितजी अपने शिष्य के घर जा रहे थे। साथ कोई नौकर नहीं था। राह में एक शूद्र को देखकर उन्होंने कहा, "क्यों रे! मेरे साथ चलेगा? अच्छा खाने को मिलेगा, आराम से रहेगा, चल न।"

एक पंडितजी अपने शिष्य के घर जा रहे थे। साथ कोई नौकर नहीं था। राह में एक शूद्र को देखकर उन्होंने कहा, "क्यों रे! मेरे साथ चलेगा? अच्छा खाने को मिलेगा, आराम से रहेगा, चल न।"

शूद्र बोला, "महाराज, मैं नीची जाति का ठहरा। भला, आपका नौकर बनकर कैसे जाऊँ?"

पंडितजी बोले, "इसके लिए तू कुछ फिकर मत कर। तू किसी को अपना परिचय नहीं देना, किसी से बातचीत भी नहीं करना।"

शूद्र राजी हो गया। शिष्य के घर पहुँचकर संध्या के समय जब पंडित संध्या हेतु वहाँ आया और इस नौकर से बोला, "उस जगह से मेरी जूतियाँ ले आ भला।"

नौकर ने कोई उत्तर नहीं दिया। ब्राह्मण ने फिर वही दुहराया, पर नौकर चुपचाप बैठा रहा। ब्राह्मण के तीन-चार बार कहने पर भी वह टस-से-मस न हुआ। अंत में ब्राह्मण ने चिढ़कर कहा, "अरे मूर्ख, तू ब्राह्मण की बात नहीं सुनता; तू कौन सी जाति का है, शूद्र है क्या?"

यह सुनते ही शूद्र डर के मारे काँपते हुए पंडितजी की ओर देखकर बोला, "महाराज-महाराज! मुझे पहचान लिया। मैं चला!"

और वह भाग गया। माया को पहचान लेने पर वह उसी समय भाग जाती है।

यह संसार भी एक सपना है

किसी देश में एक किसान रहता था। वह बड़ा ज्ञानी था। किसानी करता था। स्त्री थी, एक लड़का बहुत दिनों के बाद हुआ था। नाम उसका हारू था। बच्चे पर माँ और बाप, दोनों का प्यार था, क्योंकि एकमात्र वही नीलमणि जैसा धन था। किसान धर्मात्मा था। गाँव के सब आदमी उसे चाहते थे। एक दिन वह मैदान में काम कर रहा था, किसी ने आकर खबर दी, हारू को हैजा हुआ। किसान ने घर जाकर उसकी बड़ी दवा-दारू की, परंतु अंत में लड़का गुजर गया। घर के सब लोगों को बड़ा शोक हुआ, परंतु किसान को जैसे कुछ भी न हुआ हो। उल्टा वही सबको समझाता था कि शोक करने में कुछ नहीं है। फिर वह खेती करने चला गया। घर लौटकर उसने देखा, उसकी स्त्री रो रही है। उसने अपने पति से कहा, "तुम बड़े निष्ठुर हो, लड़का जाता रहा और तुम्हारी आँखों से आँसू तक न निकले!"

किसी देश में एक किसान रहता था। वह बड़ा ज्ञानी था। किसानी करता था। स्त्री थी, एक लड़का बहुत दिनों के बाद हुआ था। नाम उसका हारू था। बच्चे पर माँ और बाप, दोनों का प्यार था, क्योंकि एकमात्र वही नीलमणि जैसा धन था।

तब उस किसान ने स्थिर होकर कहा, "मैं क्यों नहीं रोता, बतलाऊँ? कल मैंने एक बड़ा भारी स्वप्न देखा। देखा कि मैं राजा हुआ हूँ और मेरे आठ बच्चे हुए हैं। बड़े सुख से हूँ, फिर आँख खुल गई। अब मुझे बड़ी चिंता है, अपने उन आठ लड़कों के लिए रोऊँ या तुम्हारे इस एक लड़के हारू के लिए रोऊँ?"

किसान ज्ञानी था, इसीलिए वह देख रहा था, स्वप्न की अवस्था जिस तरह मिथ्या थी, उसी तरह जागृति की अवस्था भी मिथ्या है, एक नित्य वस्तु केवल आत्मा ही है।

भय का कारण भ्रांति

यह भ्रम सहज ही दूर नहीं होता। ज्ञान के बाद भी कुछ-कुछ रहता है। स्वप्न में अगर कोई बाघ देखता है तो आँख खुलने के बाद भी छाती धड़कती रहती है।

चोर खेत में चोरी करने के लिए गए हुए थे। वहाँ आदमी के आकार का पुतला बनाकर खड़ा कर दिया गया था, डराने के लिए। चोर मारे डर के घुस नहीं रहे थे। एक ने पास जाकर देखा तो केवल घास! आदमी के शक्ल की बाँधकर खड़ी कर दी गई थी। उसने वहाँ से आकर अपने साथियों से कहा कि डरने की कोई बात नहीं, किंतु फिर भी वे लोग मारे डर के, कदम आगे नहीं बढ़ा रहे थे। कहते थे, "छाती धड़कती है।"

चोर खेत में चोरी करने के लिए गए हुए थे। वहाँ आदमी के आकार का पुतला बनाकर खड़ा कर दिया गया था, डराने के लिए। चोर मारे डर के घुस नहीं रहे थे। एक ने पास जाकर देखा तो केवल घास! आदमी के शक्ल की बाँधकर खड़ी कर दी गई थी।

तब पास जाकर देखा, उसने उस खड़े हुए आकार को जमीन पर सुला दिया और कहने लगा, "यह कुछ नहीं है, यह कुछ नहीं है"—'नेति' 'नेति'।

सबकुछ मिथ्या भ्रम है

सामने सागर देखकर लक्ष्मण ने धनुष लेकर कहा था, "मैं वरुण का वध करूँगा। यही समुद्र हमें लंका नहीं जाने दे रहा है।"

राम ने समझाया, "लक्ष्मण, यह जो सब देख रहे हो, यह स्वप्नवत् अनित्य है? अतएव समुद्र भी अनित्य है और तुम्हारा क्रोध भी अनित्य है। मिथ्या को मिथ्या द्वारा मानना भी मिथ्या है।"

अलौकिक सिद्धों का दोष

विभूति का होना एक आफत है। तोतापुरीजी ने मुझे सिखलाया, एक सिद्ध समुद्र के तट पर बैठा हुआ था। उसी समय तूफान आया। तूफान से कष्ट होने का भय हुआ। उसने कहा, "तूफान रुक जा।" उसकी बात झूठ होने की नहीं थी, तूफान रुक गया। उधर एक जहाज जा रहा था। उसमें पाल लदा हुआ था। तूफान ज्यों ही एकाएक रुका कि जहाज डूब गया। जहाज भर के आदमी उसी के साथ डूब गए।

अब इतने आदमियों के मरने से जो पाप होने को था, सब उसी को हुआ। उसी पाप से उसकी विभूति भी चली गई और उसे नरक प्राप्त हुआ।

सिद्धियाँ हों तो भगवान् नहीं मिलेंगे

एक साधु को बहुत सी विभूतियाँ हुई थीं और उनका उसे अहंकार भी था, परंतु था वह कुछ अच्छा आदमी। उसमें तपस्या भी थी। भगवान् छद्मवेश धारण कर एक दिन साधु के पास आए। आकर कहा, "महाराज, मैंने सुना है, आपके पास बहुत सिद्धियाँ हैं।" साधु ने उनकी खातिरदारी की और आदर से बैठाया। उसी समय एक हाथी उधर से जा रहा था। तब छद्मवेशधारी साधु ने कहा, "अच्छा महाराज, आप चाहें तो क्या इस हाथी को मार सकते हैं?"

एक साधु को बहुत सी विभूतियाँ हुई थीं और उनका उसे अहंकार भी था, परंतु था वह कुछ अच्छा आदमी। उसमें तपस्या भी थी। भगवान् छद्मवेश धारण कर एक दिन साधु के पास आए। आकर कहा, "महाराज, मैंने सुना है, आपके पास बहुत सिद्धियाँ हैं।" साधु ने उनकी खातिरदारी की और आदर से बैठाया।

साधु ने कहा, "हाँ, क्यों नहीं?" यह कहकर साधु ने धूल पढ़कर हाथी पर ज्यों ही छोड़ी कि वह छटपटाकर मर गया। तब जो साधु आया था,

उसने कहा, "वाह! आपमें तो बड़ी शक्ति है। हाथी को आपने मार डाला!"

वह साधु हँसने लगा। तब नए साधु ने कहा, "अच्छा, इसे आप अब जिला सकते हैं?"

उसने कहा, "हाँ, ऐसा भी हो सकता है।"

यह कहकर ज्यों ही धूल पढ़कर उसने हाथी पर छोड़ी कि हाथी तुरंत उठकर खड़ा हो गया।

तब इस नए साधु ने कहा, "आप में बड़ी शक्ति है; परंतु एक बात मैं आपसे पूछता हूँ। आपने हाथी को मारा और फिर से जिला दिया, इससे आपका क्या हुआ, आपकी अपनी उन्नति क्या हुई, इससे क्या आप ईश्वर को पा गए?" यह कहकर वह साधु अंतर्धान हो गया।

"आप में बड़ी शक्ति है; परंतु एक बात मैं आपसे पूछता हूँ। आपने हाथी को मारा और फिर से जिला दिया, इससे आपका क्या हुआ, आपकी अपनी उन्नति क्या हुई, इससे क्या आप ईश्वर को पा गए?" यह कहकर वह साधु अंतर्धान हो गया।

धर्म की सूक्ष्म गति है। जरा सी कामना रहने पर भी कोई ईश्वर को पा नहीं सकता। सुई के भीतर सूत को जाना है, जरा सा रोआँ भी बाहर रह गया तो फिर नहीं।

भवसागर में तैरना जानो

नाव पर चढ़कर कुछ लोग गंगा पार कर रहे थे। उनमें एक पंडित अपनी विद्या का खूब परिचय दे रहा था। 'मैंने अनेक शास्त्र पढ़े हैं—वेद-वेदांत-षड्दर्शन।'

एक से उसने पूछा, "वेदांत क्या है, जानते हो?"

उसने कहा, "जी, नहीं।"

"फिर तुम सांख्य-पतंजलि जानते हो?"

उसने कहा, "जी, नहीं।"

"दर्शन आदि कुछ भी नहीं पढ़ा?"

"जी, नहीं।"

पंडितजी बड़े गर्व से बातचीत कर रहे हैं, दूसरा चुपचाप बैठा है कि इतने में जोरों से आँधी आई, नाव डूबने लगी। उस आदमी ने पूछा, "पंडितजी, आप तैरना जानते हैं?"

पंडितजी ने कहा, "नहीं।"

उसने कहा, "मैंने दर्शन-वर्शन तो नहीं पढ़ा, पर तैरना जानता हूँ।"

अनेकानेक शास्त्रों के ज्ञान से क्या होगा? भवनदी किस तरह पार की जाती है, यही जानना आवश्यक है। ईश्वर ही वस्तु है और सब अवस्तु।

सबकुछ ईश्वर की इच्छा

श्रीरामकृष्ण (प्रताप से), "देखो, तुमसे कहता हूँ। तुम पढ़े-लिखे, बुद्धिमान और गंभीर हो। केशव और तुम, मानो गौरांग और नित्यानंद; दोनों भाई थे। लैक्चर देना, तर्क झाड़ना, वाद-विवाद, यह सब तो खूब हुआ। क्या तुम्हें ये सब अब भी अच्छे लगते हैं? अब सब मन समेटकर ईश्वर पर लगाओ। अपने को अब ईश्वर में उत्सर्ग कर दो।"

"देखो, तुमसे कहता हूँ। तुम पढ़े-लिखे, बुद्धिमान और गंभीर हो। केशव और तुम, मानो गौरांग और नित्यानंद; दोनों भाई थे। लैक्चर देना, तर्क झाड़ना, वाद-विवाद, यह सब तो खूब हुआ। क्या तुम्हें ये सब अब भी अच्छे लगते हैं? अब सब मन समेटकर ईश्वर पर लगाओ। अपने को अब ईश्वर में उत्सर्ग कर दो।"

प्रताप, "जी हाँ, इसमें क्या संदेह है, यही करनी चाहिए; परंतु यह सब जो मैं कर रहा हूँ, उनके (केशव के) नाम की रक्षा के लिए ही कर रहा हूँ।"

कुटिया चरमराने लगी। तब उस आदमी ने एक उपाय सोच निकाला। उसे याद आ गया कि हनुमानजी पवनदेव के लड़के हैं। बस, घबराया हुआ वह कहने लगा, 'दोहाई है, घर न तोड़िएगा, दोहाई है, हनुमानजी का घर है।' कितने ही बार उसने कहा, 'हनुमानजी का घर है', 'हनुमानजी का घर है,' पर इससे भी कोई लाभ न हुआ।

श्रीरामकृष्ण, "तुमने कहा तो है कि उनके नाम की रक्षा के लिए सबकुछ कर रहे हो; परंतु कुछ दिन बाद यह भाव भी न रह जाएगा। एक कहानी सुनो। किसी आदमी का घर पहाड़ पर था, घर क्या, कुटिया थी। बड़ी मेहनत करके उसने बनाई थी। कुछ दिन बाद एक बहुत भारी तूफान आया। कुटिया हिलने लगी। तब उसे बचाने के लिए उस आदमी को बड़ी चिंता हुई। उसने कहा, 'हे पवनदेव, देखो महाराज, घर न तोड़िएगा।'

पवनदेव क्यों सुनने लगे? कुटिया चरमराने लगी। तब उस आदमी ने एक उपाय सोच निकाला। उसे याद आ गया कि हनुमानजी पवनदेव के लड़के हैं। बस, घबराया हुआ वह कहने लगा, 'दोहाई है, घर न तोड़िएगा, दोहाई है, हनुमानजी का घर है।' कितने ही बार उसने कहा, 'हनुमानजी का घर है', 'हनुमानजी का घर है,' पर इससे भी कोई लाभ न हुआ। तब कहने लगा, 'महाराज, लक्ष्मणजी का घर है, लक्ष्मणजी का।'

इससे भी कुछ हल न हुआ तब कहा, 'सुनो यह श्रीरामचंद्रजी का घर है, देखो महाराज, इसे अब न तोड़िए। दोहाई है, जय रामजी की।'

इससे भी कुछ न हुआ। घर चरमराता हुआ टूटने लगा। तब जान बचाने की फिक्र हुई। वह घर से निकल आया। निकलते समय कहा, 'धत्तेरे घर की!'

केशव के नाम की रक्षा तुम्हें नहीं करनी होगी। जो कुछ हुआ है, समझना उन्हीं की इच्छा से हुआ है और उन्हीं की इच्छा से हो रहा है; तुम

क्या कर सकते हो? तुम्हारा इस समय कर्तव्य है कि ईश्वर पर सब मन लगाओ, इनके प्रेम में कूद पड़ो।"

जो चाहोगे, वही मिलेगा

कोई बाजीगर राजा के सामने तमाशा दिखा रहा था। कहता था, "महाराज, रुपया दीजो, कपड़े दीजो" यही सब। इसी समय उसकी जीभ ऊपर तालु में चढ़ गई, साथ ही कुंभक हो गया। बस, जबान बंद हो गई, शरीर बिल्कुल स्थिर हो गया। तब लोगों ने ईंट की कब्र बनाकर उसी में उसे गाड़ दिया। किसी ने हजार साल बाद उस कब्र को खोदा। तब लोगों ने देखा, एक आदमी समाधिमग्न बैठा हुआ था। उसे साधु समझकर वे लोग उसकी पूजा करने लगे, इतने में ही हिलाने-डुलाने के कारण उसकी जीभ तालु से हट गई। तब उसे होश हुआ और वह चिल्लाता हुआ कहने लगा, "देखी मेरी कलाबाजी, महाराज, रुपया दीजो, कपड़े दीजो!"

कोई बाजीगर राजा के सामने तमाशा दिखा रहा था। कहता था, "महाराज, रुपया दीजो, कपड़े दीजो" यही सब। इसी समय उसकी जीभ ऊपर तालु में चढ़ गई, साथ ही कुंभक हो गया। बस, जबान बंद हो गई, शरीर बिल्कुल स्थिर हो गया। तब लोगों ने ईंट की कब्र बनाकर उसी में उसे गाड़ दिया। किसी ने हजार साल बाद उस कब्र को खोदा। तब लोगों ने देखा, एक आदमी समाधिमग्न बैठा हुआ था।

वे भावग्राही हैं। जो कुछ सोचता है, साधना करने पर वह वैसा ही पाता है। जैसा भाव होता है, वैसा ही लाभ भी होता है।

मिथ्या अभिनय घातक

एक ऋणग्रस्त व्यक्ति ने अपने साहूकार से बचने के लिए पागल

का स्वाँग रचा था। डॉक्टर, वैद्य कोई उसे सुधार नहीं पा रहे थे। उसका पागलपन बढ़ता ही जा रहा था। अंत में एक अनुभवी वैद्य ने बीमारी का सच्चा कारण ताड़ लिया और उसे डाँटते हुए कहा, "महाशय, यह आप क्या कर रहे हैं! सावधान हो जाइए, कहीं पागल की नकल करते-करते आप सचमुच ही पागल न बन जाएँ। इस थोड़े ही समय के अंदर आपके दिमाग में कुछ-कुछ सही गड़बड़ी के लक्षण भी दिखाई देने लगे हैं।"

यह सुनकर वह व्यक्ति होश में आया और उसने पागलपन का ढोंग करना छोड़ दिया। सदा किसी भाव की नकल करते रहने से मनुष्य धीरे-धीरे वास्तव में उसी भाव को प्राप्त हो जाता है।

पाप और पुण्य, दोनों तुम्हारे

किसी ब्राह्मण ने अत्यंत प्रयत्न तथा परिश्रमपूर्वक एक सुंदर बगीचा तैयार किया और उसमें तरह-तरह के फल-फूलों के पेड़-पौधे लगाए। उनको दिन-प्रतिदिन बढ़ते हुए देखकर ब्राह्मण के आनंद की सीमा नहीं रहती थी। एक दिन बगीचे का दरवाजा खुला रहने के कारण एक गाय उसमें प्रविष्ट होकर उन पेड़ों को खाने लगी।

किसी ब्राह्मण ने अत्यंत प्रयत्न तथा परिश्रमपूर्वक एक सुंदर बगीचा तैयार किया और उसमें तरह-तरह के फल-फूलों के पेड़-पौधे लगाए। उनको दिन-प्रतिदिन बढ़ते हुए देखकर ब्राह्मण के आनंद की सीमा नहीं रहती थी। एक दिन बगीचे का दरवाजा खुला रहने के कारण एक गाय उसमें प्रविष्ट होकर उन पेड़ों को खाने लगी। ब्राह्मण किसी कार्यवश बाहर गया हुआ था। जब वह लौटकर आया, गाय उस समय भी पेड़ों को खा रही थी। अत्यंत क्रुद्ध हो, गाय के पीछे दौड़ते हुए उसने लाठी से एक वार किया। उसके मर्मस्थल पर चोट लगने के कारण गाय उसी क्षण मर गई। तब ब्राह्मण के मन में भय हुआ कि हाय, हिंदू होकर मैंने गाय की हत्या की। गौहत्या के समान दूसरा कोई पाप नहीं है!

ब्राह्मण ने थोड़ा-बहुत वेदांत का अध्ययन किया था। तदनुसार उसे यह विदित था कि विशेष-विशेष देवताओं की शक्ति से शक्तिमान होकर ही इंद्रियाँ अपने कार्यों को करती रहती हैं, जैसे सूर्य की शक्ति से नेत्र रूप का दर्शन करता है, पवन की शक्ति से कर्ण शब्द श्रवण करता है, इंद्र की शक्ति से हाथ कार्य करते हैं, इत्यादि। उस समय उन बातों का उसे स्मरण हो आया।

वह सोचने लगा, "तब तो मैंने गौहत्या नहीं की है। इंद्र की शक्ति से मेरे हाथ संचालित हुए, अतः इंद्र ने ही गौहत्या की है।" अपने मन में इस बात को इच्छी तरह से जमा लेने के पश्चात् ब्राह्मण निश्चिंत हो गया।

इधर जब गौहत्या का पाप ब्राह्मण के शरीर में प्रविष्ट होने लगा, तब ब्राह्मण ने मन से उसे भगा दिया और कहा, "जाओ, यहाँ तुम्हारा स्थान नहीं है; इंद्र ने गौहत्या की है, अतः उसके समीप जाओ।" इसलिए वह पाप इंद्र के समीप पहुँचा।

इंद्र ने पाप से कहा, "कुछ देर प्रतीक्षा करो, ब्राह्मण के साथ मुझको दो बातें कर आने दो, तदनंतर मुझे पकड़ना।"

इतना कहकर इंद्र ने मानवरूप धारण किया और ब्राह्मण के बगीचे में प्रविष्ट हुआ। देखा कि नजदीक ही ब्राह्मण पेड़-पौधों की देखभाल कर रहा है। उद्यान की शोभा ब्राह्मण के कान तक पहुँच सके, इस तरह प्रशंसा करते हुए इंद्र ब्राह्मण के समीप गया और कहा, "अहा, क्या सुंदर बगीचा है, कितनी अच्छी तरह से पेड़-पौधे लगाए गए हैं; जहाँ जिसकी आवश्यकता है, ठीक वहीं पर उसे लगाया गया है।" इस प्रकार कहते हुए ब्राह्मण के निकट उपस्थित होकर उसने पूछा, "महाशय, क्या आप बता सकते हैं, यह बगीचा किसका है, इतने सुंदर रूप में किसने इन पेड़-पौधों को लगाया है?"

बगीचे की प्रशंसा सुनकर आनंद से गद्गद हो ब्राह्मण ने कहा, "महाराज, यह मेरा बगीचा है; मैंने ही ये पेड़-पौधे लगाए हैं। आइए, अच्छी तरह देखिए न।"

‘गौहत्या किसने की है’ पूछे जाने पर वह बहुत ही घबरा उठा और एकदम चुप हो गया! तब इंद्र ने अपना असली स्वरूप धारण कर ब्राह्मण से कहा, “कपटी कहीं का, बगीचे में जो कुछ उत्तम है, उसे तुमने किया है और गौहत्या मैंने की है, क्यों? लो, अपने इस गौहत्या के पाप को।”

और फिर बगीचे के संबंध में नाना प्रकार की बातें करते हुए वह इंद्र को पूरा बगीचा दिखाने लगा। भूल से बाद में वहाँ भी आया, जहाँ मरी गाय पड़ी थी। इंद्र ने आश्चर्यचकित हो पूछा, “राम, राम, यह गाय कैसी मरी पड़ी है, किसने इसकी हत्या की है?”

ब्राह्मण उस समय तक बगीचे की समस्त चीजों के बारे में, ‘मैंने किया है’ कहता जा रहा था, इसलिए ‘गौहत्या किसने की है’ पूछे जाने पर वह बहुत ही घबरा उठा और एकदम चुप हो गया! तब इंद्र ने अपना असली स्वरूप धारण कर ब्राह्मण से कहा, “कपटी कहीं का, बगीचे में जो कुछ उत्तम है, उसे तुमने किया है और गौहत्या मैंने की है, क्यों? लो, अपने इस गौहत्या के पाप को।”

यह कहकर इंद्र अदृश्य हो गए और उस पाप ने आकर ब्राह्मण के शरीर पर अपना अधिकार जमा लिया। अस्तु।

अलौकिक सिद्धियाँ मलतुल्य

पहले-पहल हृदय ने कहा था, मैं हृदय के अधीन था, “माँ से कुछ विभूति माँगो।” मैं काली मंदिर में प्रार्थना करने के लिए गया। जाकर देखा, एक अधेड़ विधवा, कोई 30-34 वर्ष की होगी, तमाम मल से सनी हुई है। तब मुझे यह स्पष्ट हुआ कि सिद्धियाँ इस मल के सदृश ही हैं। तब तो हृदय पर मुझे बड़ा क्रोध आया, क्यों उसने मुझसे कहा कि मैं सिद्धियों के लिए प्रार्थना करूँ?

पंडितों का धर्मज्ञान

जो पंडित मात्र हैं, किंतु ईश्वर पर जिनकी भक्ति नहीं है, उनकी बातें उलझनदार होती हैं। सामाध्यायी नाम के एक पंडित ने कहा था, "ईश्वर नीरस है, तुम लोग अपनी भक्ति और प्रेम द्वारा उसे सरस कर लो।"

जिन्हें वेदों ने 'रसस्वरूप' कहा है, उन्हें नीरस बतलाता है! इससे ज्ञात होता है कि वह मनुष्य नहीं जानता कि ईश्वर कौन सी वस्तु है; इसीलिए उसकी बातें इतनी उलझनदार हैं।

एक ने कहा था, "मेरे मामा के यहाँ घोड़ों की एक बड़ी गौशाला है।" उसकी इस बात से समझना चाहिए कि घोड़ा एक भी नहीं है; क्योंकि घोड़े कभी गौशाला में नहीं रहते।

वासनारूपी बिल

एक किसान ने सारा दिन गन्ने के खेत में पानी सींचने के बाद जाकर देखा कि खेत में बूँद भर भी पानी नहीं पहुँचा है; खेत में कुछ बड़े-बड़े बिल थे, सारा पानी उन बिलों में से होकर दूसरी ही ओर बह गया था। इसी प्रकार, जो व्यक्ति मन में विषय-वासना, मान-यश, सुख-सुविधा की आकांक्षा रखते हुए ईश्वर की उपासना करता है, वह यदि जीवन भर भी नियमित रूप से साधना करता रहे तो भी, अंत में यही देखता है कि उसकी सारी साधना उन वासनारूपी बिलों में से बाहर निकल गई है और वह जैसा का तैसा ही रह गया है, तनिक भी प्रगति नहीं कर पाया है।

यदि जीवन भर भी नियमित रूप से साधना करता रहे तो भी, अंत में यही देखता है कि उसकी सारी साधना उन वासनारूपी बिलों में से बाहर निकल गई है और वह जैसा का तैसा ही रह गया है, तनिक भी प्रगति नहीं कर पाया है।

सिद्धि धेले बराबर

किसी व्यक्ति ने चौदह वर्ष तक निर्जन में कठिन साधना करने के पश्चात् जल पर चल सकने की सिद्धि प्राप्त की। सिद्धि प्राप्त कर वह अत्यंत आह्लाद के साथ अपने गुरु के निकट पहुँचा और कहने लगा, "गुरुजी···! गुरुजी! मुझे पानी पर से चलकर नदी पार करने की सिद्धि प्राप्त हो गई है।"

गुरु ने उसका तिरस्कार करते हुए कहा, "छिह···छिह! चौदह साल तपस्या कर आखिर तूने यही सीखा? यह तो धेले भर का काम है। चौदह साल की मेहनत के बाद तूने जो सीखा, वह काम तो लोग केवट को आधा पैसा देकर कर लेते हैं।"

दुर्गति का कारण—अहंकार

गौ 'हम-हम' करती है, इसलिए उसे इतना दुःख मिलता है। बैल को दिन भर जुतना पड़ता है—गरमी हो या वर्षा और फिर उसे कसाई काटते हैं। इतने पर भी बचाव नहीं होता, उसके चमड़े से जूते बनते हैं। अंत में आँत बचती है। धुनिया के हाथ में जब वह 'तूँ-तूँ' करती है, तब कहीं उसका निस्तार होता है।

जब जीव कहता है, "नाइं नाहं नां। हे ईश्वर, मैं कुछ भी नहीं हूँ, तुम्हीं कर्ता हो; मैं दास हूँ, तुम प्रभु हो", तब उसका निस्तार होता है, तभी उसकी मुक्ति होती है।

गुरु उबारे, अहं डुबाए

एक शिष्य को गुरु पर इतना विश्वास था कि वह 'गुरु, गुरु' कहते हुए विश्वास के बल पर नदी पार हो गया। यह देखकर गुरु ने सोचा, 'तो सचमुच ही मुझमें इतनी शक्ति है! मुझे तो अब तक यह पता ही नहीं था।' दूसरे दिन गुरु 'मैं, मैं' कहते हुए नदी पार होने गए,

परंतु पानी पर पैर रखते ही वे गिर पड़े और अपने को सँभाल नहीं पाए और डूब मरे!

विश्वास का परिणाम अद्‌भुत होता है, परंतु अहंकार से विनाश ही होता है।

नकल छोड़कर अकल लगाओ

शंकराचार्य का एक मूर्ख शिष्य था। वह हमेशा उनका अनुकरण किया करता। शंकराचार्य जो भी करने जाते, वह भी वही करता। शंकराचार्य कहते 'शिवोऽहम्' तो वह भी कहता 'शिवोऽहम्', परंतु उसके भीतर गुरु के प्रति श्रद्धा-भक्ति थी। उसके भ्रम को दूर करने के लिए शंकराचार्य एक दिन उसे साथ लेकर एक लुहार की दुकान पर गए और वहाँ उन्होंने कुछ गरम पिघला हुआ हाथ में उठा लिया और शिष्य को भी वैसा करने को कहा।

शंकराचार्य का एक मूर्ख शिष्य था। वह हमेशा उनका अनुकरण किया करता। शंकराचार्य जो भी करने जाते, वह भी वही करता। शंकराचार्य कहते 'शिवोऽहम्' तो वह भी कहता 'शिवोऽहम्', परंतु उसके भीतर गुरु के प्रति श्रद्धा-भक्ति थी।

भला शिष्य के लिए यह कैसे संभव था। वह भौंचक्का रह गया। तब उसके दिमाग में यह बात आई कि 'शिवोऽहम्' बोलना आसान बात नहीं। उस दिन से उसने गुरु का अनुकरण करना छोड़ दिया।

महापुरुषों के केवल आदर्श उदाहरणों का अनुसरण करते हुए अपने दोष-त्रुटियों को सुधारने का प्रयत्न करना चाहिए, परंतु उनका केवल अनुकरण करना उचित नहीं।

अपने को निमित्त मात्र समझो

ईश्वर ही कर्ता है और सब उसके यंत्र की तरह हैं, इसीलिए ज्ञानी के लिए अहंकार करने की जगह नहीं है। जिसने 'महिम्न-स्तव' लिखा था, उसे अहंकार हो गया था। शिव के नंदी बैल ने जब दाँत दिखलाए, तब उसका अहंकार गया था।

ईश्वर ही कर्ता है और सब उसके यंत्र की तरह हैं, इसीलिए ज्ञानी के लिए अहंकार करने की जगह नहीं है। जिसने 'महिम्न-स्तव' लिखा था, उसे अहंकार हो गया था। शिव के नंदी बैल ने जब दाँत दिखलाए, तब उसका अहंकार गया था। उसने देखा, एक-एक दाँत उसके स्तव का एक-एक मंत्र था। इसका अर्थ क्या है, जानते हो? ये सब मंत्र अनादिकाल से हैं, तुमने इनका उद्धार मात्र किया है।

अहंकार से दिखावा आता है

जिन लोगों ने थोड़ी सी पुस्तकें पढ़ी हैं, उनमें अहंकार समा जाता है। कालीकृष्ण ठाकुर के साथ ईश्वरीय बातें हुई थीं। उसने कहा, "वह सब मुझे मालूम है।"

मैंने कहा, "जो दिल्ली हो आया है, क्या वह कहता फिरता है कि मैं दिल्ली हो आया, मैं दिल्ली हो आया, क्या उसे इसके लिए घमंड हो सकता है, जो बाबू है, क्या वह कहता फिरता है, मैं बाबू हूँ?"

अजी क्या कहूँ, दक्षिणेश्वर काली मंदिर की एक सफाईवाली को क्या ही अहंकार था! उसकी देह में दो-एक गहने थे। वह जिस रास्ते से आ रही थी, उसी रास्ते से दो-एक आदमी उसकी बगल से निकल रहे थे। सफाईवाली ने उनसे कहा, "ए, हट जा।" तब फिर दूसरे आदमियों के अहंकार की बात क्या कहूँ!

संस्कारों का सामर्थ्य

संस्कार में कितनी शक्ति है, सुनो, एक राजा का लड़का पिछले जन्म में धोबी के घर पैदा हुआ था। राजा का लड़का होकर जब वह खेल रहा था, तब अपने साथियों से उसने कहा, "ये सब खेल रहने दो, मैं पेट के बल लेटता हूँ, तुम लोग मेरी पीठ पर कपड़े पटको!"

पुरानी आदतें सहज ही नहीं छूटतीं

एक हिंदू बड़ा भक्त था। सदा जगदंबा की पूजा करता और उनका नाम लेता। जब मुसलमानों का राज हुआ, तब उसे पकड़कर मुसलमानों ने मुसलमान बना लिया और कहा, "अब तू मुसलमान हो गया। अब अल्ला का नाम ले, अल्ला का नाम जपा कर।"

वह आदमी बड़े कष्ट से 'अल्ला-अल्ला' कहने लगा; परंतु फिर भी कभी-कभी 'जगदंबा' का नाम निकल ही पड़ता था। तब मुसलमान उसे मारने दौड़ते। वह कहता था, "दोहाई-शेखजी! मुझे मारना नहीं, मैं तुम्हारे अल्ला का नाम लेने की बड़ी कोशिश कर रहा हूँ, परंतु करूँ क्या, भीतर जगदंबा जो समाई हुई हैं, तुम्हारे अल्ला को धक्के मारकर निकाल देती हैं।"

पुराने संस्कार कभी एकाएक टूट सकते हैं?

पूर्व जन्मों की साधना

मैंने सुना है, एक मनुष्य शव-साधना कर रहा था। घने जंगल में भगवती की आराधना कर रहा था, परंतु वह अनेक प्रकार की विभीषिकाएँ देखने लगा। अंत में, उसे बाघ पकड़ ले गया। वहीं एक और आदमी बाघ के भय से पास के एक पेड़ पर चढ़कर बैठा हुआ था। शव तथा पूजा की अन्य सामग्रियाँ इकट्ठी देखकर वह उतर पड़ा और आचमन करके शव के ऊपर बैठ गया। कुछ जप करते ही माँ प्रकट होकर बोलीं, "मैं तुम पर प्रसन्न हूँ, तुम वर माँगो।"

माता के पादपंकजों में प्रणत होकर वह बोला, "माँ, एक बात पूछता हूँ। तुम्हारा कार्य देखकर बड़ा आश्चर्य होता है। उस मनुष्य ने इतनी मेहनत की, इतना आयोजन किया, इतने दिनों से तुम्हारी साधना कर रहा था, उस पर तो तुम्हारी कृपा नहीं हुई; प्रसन्न तुम मुझ पर हुईं, जो भजन-साधना-ज्ञान-भक्ति आदि कुछ नहीं जानता।"

हँसकर भगवती बोलीं, "बेटा, तुम्हें जन्मांतर की बात याद नहीं है। तुम जन्म-जन्म से मेरे लिए तपस्या कर रहे हो। उसी साधनाबल से इस प्रकार सबकुछ तैयार पाया और तुम्हें मेरे दर्शन भी मिले। अब कहो, क्या वर चाहते हो?"

प्रारब्ध को भोगना ही पड़ता है

जिसके कर्म का जैसा भोग है, उसे वैसा ही भोगना पड़ता है। संस्कार, प्रारब्ध आदि बातें माननी ही पड़ती हैं। बात यह है कि सुख-दुःख देह के धर्म हैं। कवि कंकण-चंडी ने लिखा है कि कालूवीर को कैद की सजा हुई थी और उसकी छाती पर पत्थर रखा गया था।

जिसके कर्म का जैसा भोग है, उसे वैसा ही भोगना पड़ता है। संस्कार, प्रारब्ध आदि बातें माननी ही पड़ती हैं। बात यह है कि सुख-दुःख देह के धर्म हैं। कवि कंकण-चंडी ने लिखा है कि कालूवीर को कैद की सजा हुई थी और उसकी छाती पर पत्थर रखा गया था। कालूवीर भगवती का वरपुत्र था, फिर भी उसे यह दुःख भोगना पड़ा। देहधारण करने से ही सुख-दुःख का भोग करना पड़ता है।

श्रीमंत भी तो बड़ा भक्त था। उसकी माँ खुल्लना को भगवती कितना अधिक चाहती थीं! पर देखो, उस श्रीमंत पर कितनी विपत्ति पड़ी, यहाँ तक कि वह श्मशान में काट डालने के लिए ले जाया गया।

एक लकड़हारा परम भक्त था। उसे भगवती के साक्षात् दर्शन हुए,

उन्होंने उसे खूब चाहा और उस पर अत्यंत कृपा की, परंतु इतने पर भी उसका लकड़हारे का काम नहीं छूटा! उसे पहले की तरह लकड़ी काटकर ही रोटी कमानी पड़ी। कारागार में देवकी को चतुर्भुज शंख, चक्र, गदाधारी पद्मधारी भगवान् के दर्शन हुए, पर फिर भी उनका कारावास नहीं छूटा।

भगवत्कृपा से सब संभव है

गृहस्थी में धर्म होगा क्यों नहीं? परंतु है, बड़ा कठिन।

आज बाग-बाजार के पुल पर से होकर आया, कितने संकलों से उसे बाँधा है। एक बँधा हुआ है। वे सब उसे खींचे रहेंगे। उसी प्रकार गृहस्थी के अनेक बंधन हैं, ईश्वर की कृपा के बिना उन बंधनों के कटने का उपाय नहीं है।

संसार की जरूरी माँगों की पूर्ति का प्रबंध कर लो

तांत्रिक शव-साधना में साधक को शव की छाती पर बैठकर साधना करनी होती है। उक्त शव-साधना करते समय साधक को पास ही में चना-चबैना और मदिरा लेकर बैठना पड़ता है। साधना के समय बीच में यदि शव जागकर मुँह फाड़े, तो उस समय उसके मुँह में कुछ चना और मदिरा देनी पड़ती है। ऐसा करने से वह फिर स्थिर हो जाता है, अन्यथा वह साधक को डराकर साधना में विघ्न उत्पन्न करता है। इसी तरह, तुम्हें संसार में रहकर साधना करनी हो तो पहले संसार की जरूरी माँगों की पूर्ति का प्रबंध कर लो, अन्यथा संसाररूपी शव तुम्हारी साधना में विघ्न डालेगा।

संसार में कैसे रहें

बड़े घर की नौकरानी मालिक के घर को ही 'हमारा घर' कहती है, परंतु उसे हमेशा खयाल रहता है कि वह उसका अपना घर नहीं, उसका

अपना घर तो दूर बर्दवान या नादिया जिले के किसी देहात में है। उसका मन सदा अपने गाँववाले घर पर ही पड़ा रहता है। वह मालिक के बच्चे को अपने बच्चे की तरह सँभालती है और कहती है, 'मेरा हरि बड़ा नटखट बन गया है', या 'मेरे हरि को मीठा अच्छा नहीं लगता', पर वह मन-ही-मन सदा जानती है कि हरि मेरा कोई नहीं है, वह मालिक का लड़का है।

यहाँ जो लोग आते हैं, उनसे मैं कहता हूँ कि संसार में दासी की तरह निर्लिप्त रहो। तुम संसार में रहो, पर संसार तुममें न रहे। तुम्हारा मन ईश्वर में लगा रहे। तुम्हारा अपना घर ईश्वर के यहाँ है। मैं उनसे यह भी कहता हूँ कि उनकी भक्ति के लिए व्याकुल होकर उनके चरणों में प्रार्थना करो।

यहाँ जो लोग आते हैं, उनसे मैं कहता हूँ कि संसार में दासी की तरह निर्लिप्त रहो। तुम संसार में रहो, पर संसार तुममें न रहे। तुम्हारा मन ईश्वर में लगा रहे। तुम्हारा अपना घर ईश्वर के यहाँ है। मैं उनसे यह भी कहता हूँ कि उनकी भक्ति के लिए व्याकुल होकर उनके चरणों में प्रार्थना करो।

एकांत में बैठकर चिंतन-मनन

जिस प्रकार भरपेट चारा खा चुकने के बाद गाय निश्चिंत होकर, एक जगह बैठकर, खाया हुआ उगलकर, अच्छी तरह चबाती हुई जुगाली करती रहती है, उसी प्रकार देवस्थान, तीर्थक्षेत्र आदि का दर्शन कर आने के पश्चात् उन स्थानों में मन में जो पवित्र भगवद्भाव उदित हुए थे, उनके विषय में एकांत में बैठकर चिंतन-मनन करना चाहिए, उन्हीं में डूब जाना चाहिए। दर्शन करके वापस आते ही मन से सबकुछ निकाल बाहर कर, मन को रूप-रसादि विषयों में नहीं लगाना चाहिए। ऐसा करने से उन भगवद्-भावों का मन पर स्थायी परिणाम नहीं हो पाता।

एकांत

शुरू-शुरू में पौधे को चारों ओर से घेरा लगाकर गाय-बकरी आदि से बचाना पड़ता है, पर एक बार वह पौधा बढ़कर बड़ा वृक्ष बन जाए तो फिर कोई भय नहीं रह जाता। तब तो सैकड़ों गाय-बकरियाँ आकर उसके नीचे आसरा लेती हैं, उसके पत्तों से पेट भरती हैं। इसी तरह, साधना की प्रथम अवस्था में स्वयं को कुसंगति और सांसारिक विषय-बुद्धि के प्रभाव से बचाना चाहिए, पर एक बार सिद्धि लाभ हो जाने से, फिर कोई भय नहीं रहता। तब कुभाव या संसारासक्ति तुम्हारा कुछ बिगाड़ नहीं सकेगी, बल्कि अनेक संसारी लोग तुम्हारे पास आकर शांति प्राप्त करेंगे।

वासना-त्याग

कँटीली झाड़ियों से भरे मैदान पर से नंगे पैर नहीं चला जाता। उस पर से चलने के लिए या तो पूरे मैदान को चमड़े से ढक देना होगा या फिर अपने पैरों में चमड़े के जूते चढ़ाने होंगे। समूचे मैदान को चमड़े से मढ़ना असंभव है, अतः पैरों में जूते पहनना ही उपयुक्त है। इसी तरह, इस वासनापूर्ण संसार में असंख्य कामना-वासनाओं की पीड़ा से छुटकारा पाना हो तो या तो सभी वासनाओं की पूर्ति हो जानी चाहिए, या फिर सभी का **त्याग** हो जाना चाहिए, परंतु वासनाओं की पूर्ति होना कभी संभव नहीं, क्योंकि एक वासना को पूरी करने जाओ तो दूसरी वासना आ खड़ी होती है। इसलिए ज्ञान-विचार और संतोष द्वारा वासनाओं का त्याग करना ही उपयुक्त है।

साधना

समुद्र में एक प्रकार की सीपी होती है, जो स्वाति नक्षत्र की वर्षा की एक बूँद के लिए सदा मुँह बाए पानी पर तैरती रहती है, किंतु स्वाति की वर्षा का एक बूँद जल मुँह में पड़ते ही वह मुँह बंद कर, सीधे समुद्र की

गहरी सतह में डूब जाती है तथा वहाँ उस जलबूँद से मोती तैयार करती है। इसी तरह, यथार्थ मुमुक्षु साधक सद्गुरु की खोज में व्याकुल होकर इधर-उधर भटकता रहता है; परंतु एक बार सद्गुरु के निकट मंत्र पा जाने के बाद वह साधना के अगाध जल में डूब जाता है तथा अन्य किसी ओर ध्यान न देते हुए सिद्धि लाभ तक साधना में लगा रहता है।

बालक की तरह विश्वास चाहिए

जटिल बालक की कथा आती है। वह पाठशाला जाता था। जंगल की जगह से पाठशाला जाना पड़ता था; इसलिए वह डरता था। उसने अपनी माँ से यह कहा। माता ने कहा, "डर क्या है? तू मधुसूदन को पुकारना।"

बच्चे ने पूछा, "मधुसूदन कौन है?"

माता ने कहा, "मधुसूदन तेरे दादा हैं।"

जब अकेले में जाते समय वह डरा, तब एक आवाज लगाई, "मधुसूदन दादा!"

कहीं कोई न आया। तब वह, "कहाँ हो मधुसूदन दादा! जल्दी आओ, मुझे बड़ा डर लग रहा है" कहकर जोर-जोर से पुकारते हुए रोने लगा। मधुसूदन न रह सके। आकर कहा, "यह हैं हम, तुझे भय क्या है?" यह कहकर उसे साथ लेकर वे पाठशाला के रास्ते तक छोड़ आए और कहा, "तू जब बुलाएगा, तभी मैं दौड़ा आऊँगा, भय क्या है?"

यही बालक का विश्वास है, यही व्याकुलता है!

ठाकुरजी सब खा गए

एक ब्राह्मण के यहाँ भगवान् की सेवा होती थी। एक दिन किसी काम से उसे किसी दूसरी जगह जाना पड़ा। वह अपने छोटे बच्चे से कह गया, "आज श्रीठाकुरजी का भोग लगाना, उन्हें खिलाना।"

बच्चे ने ठाकुरजी का भोग लगाया, परंतु ठाकुरजी चुपचाप बैठे ही

रहे। न बोले और न कुछ खाया ही। बच्चे ने बड़ी देर तक बैठे-बैठे देखा कि ठाकुरजी नहीं उठते। उसे दृढ़ विश्वास था कि ठाकुरजी आकर आसन पर बैठकर भोजन करेंगे। वह बार-बार कहने लगा, "ठाकुरजी, आओ, भोग पा लो। बड़ी देर हो गई अब और मुझसे बैठा नहीं जाता।"

ठाकुरजी क्यों उत्तर देने लगे? तब बच्चे ने रोना शुरू कर दिया; कहने लगा, "ठाकुरजी, पिताजी तुम्हें खिलाने के लिए कह गए हैं, तुम क्यों नहीं आओगे, क्यों मेरे पास नहीं खाओगे?"

व्याकुल होकर ज्यों ही कुछ देर तक वह रोया कि ठाकुरजी हँसते-हँसते आकर हाजिर हो गए और आसन पर बैठकर भोग पाने लगे। ठाकुरजी को खिलाकर जब वह ठाकुरघर से निकला, तब घरवालों ने कहा, "भोग हो गया, तो वह सब उतार ले आ।"

बच्चे ने कहा, "हाँ, हो गया; ठाकुरजी ने सब भोग खा लिया।"

उन लोगों ने कहा, "अरे, यह तू क्या कहता है?"

बच्चे ने सरलतापूर्वक कहा, "क्यों खा तो गए हैं, ठाकुरजी सब।" तब घरवालों ने ठाकुरघर में जाकर देखा तो छक्के छूट गए।

सच्चा शिष्य गुरु को भी तारता है

सरल विश्वास से क्या नहीं हो सकता? एक समय किसी गुरु के यहाँ अन्नप्राशन हो रहा था। उस अवसर पर शिष्यगण, जिससे जैसा बना, उत्सव का आयोजन कर रहे थे। उनमें एक दीन विधवा भी शिष्या थी। उसके पास एक गाय थी। वह एक लोटा दूध लेकर आई। गुरुजी ने सोचा था कि दूध-दही का भार वही लेगी, किंतु एक लोटा दूध देखकर क्रोधित

सरल विश्वास से क्या नहीं हो सकता? एक समय किसी गुरु के यहाँ अन्नप्राशन हो रहा था। उस अवसर पर शिष्यगण, जिससे जैसा बना, उत्सव का आयोजन कर रहे थे। उनमें एक दीन विधवा भी शिष्या थी। उसके पास एक गाय थी।

हो, उन्होंने उस लोटे को फेंक दिया और कहा, "तू जल में डूबकर मर क्यों नहीं गई ?"

स्त्री ने गुरु का यही आदेश समझा और नदी में डूबने के लिए गई। उस समय नारायण ने दर्शन दिया और प्रसन्न होकर कहा, "इस बरतन में दही है, जितना निकालोगी, उतना ही निकलता जाएगा। इससे गुरु संतुष्ट होंगे।"

वह बरतन जब गुरु को दिया गया तो वे दंग रह गए और सारी कहानी सुनकर नदी के किनारे पर आकर उस स्त्री से बोले, "यदि मुझे नारायण का दर्शन न कराओगी, तो मैं इसी जल में कूदकर प्राण छोड़ दूँगा।"

नारायण प्रकट हुए, परंतु गुरु उन्हें नहीं देख सके। तब स्त्री ने कहा, "प्रभो, गुरुदेव को यदि दर्शन नहीं दोगे और यदि उनकी मृत्यु हो जाएगी, तो मैं भी शरीर छोड़ दूँगी।" फिर नारायण ने एक बार गुरु को भी दर्शन दिया।

प्रेम ही ईश्वर है

सरल विश्वास और निष्कपटता रहने से भगवान् का लाभ होता है। एक व्यक्ति की किसी साधु से भेंट हुई। उसने साधु से उपदेश देने के लिए विनयपूर्वक प्रार्थना की। साधु ने नारायण को भजने के लिए कहा। व्यक्ति बोला कि जिसे न कभी देखा है और न उनके विषय में कुछ जानता ही हूँ, फिर उनसे कैसे प्रेम करूँ ?

साधु ने पूछा, "अच्छा, तुम्हारा किससे प्रेम है ?"

उसने कहा, "इस संसार में मेरा कोई नहीं है, केवल एक मेढ़ा है, उसी को मैं प्यार करता हूँ।"

साधु बोले, "उस मेढ़े के भीतर ही नारायण विद्यमान हैं, यह जानकर ही उसकी जी लगाकर सेवा करना और उसी को हृदय से प्रेम करना।"

इतना कहकर साधु चले गए। उस आदमी ने भी उस मेढ़े में नारायण हैं, यह विश्वास कर तन-मन से उसकी सेवा करना शुरू कर दिया। बहुत दिनों बाद उस रास्ते से लौटते समय साधु ने उस आदमी को खोजकर उससे पूछा, "क्यों जी, अब कैसे हो ?"

उस आदमी ने प्रणाम करके कहा, "गुरुदेव, आपकी कृपा से मैं अब अच्छा हूँ, आपने जो कहा था, उसके अनुसार भावना रखने से मेरा बहुत कल्याण हुआ है। मैं मेढ़े के भीतर कभी-कभी एक अपूर्व मूर्ति देखता हूँ, उनके चार हाथ हैं—उनका दर्शन कर, मैं परमानंद में डूबा हुआ हूँ।"

अनुभूति का आनंद

अमुक स्थान पर सोने का घड़ा गड़ा हुआ है, यह सुनते ही मनुष्य दौड़ पड़ता है और खोदने लग जाता है। खोदते-खोदते सिर से पसीना निकल जाता है। बहुत देर तक खोदने के बाद कहीं कुदाल में ठनकार आती है। तब कुदाल फेंककर वह देखने लगता है कि घड़ा निकला या नहीं? घड़ा अगर दीख पड़ा, तब तो उसके आनंद का पारावार नहीं रह जाता, वह नाचने लगता है।

अमुक स्थान पर सोने का घड़ा गड़ा हुआ है, यह सुनते ही मनुष्य दौड़ पड़ता है और खोदने लग जाता है। खोदते-खोदते सिर से पसीना निकल जाता है। बहुत देर तक खोदने के बाद कहीं कुदाल में ठनकार आती है।

सब पर विश्वास करो

उस देश (कामारपुकुर) में, मैं जा रहा था। एकाएक रास्ते में आँधी और पानी एक साथ आए। बीच मैदान में डाकुओं का भी भय था। तब मैंने सबकुछ कह डाला—राम, कृष्ण, भगवती, फिर मैंने हनुमानजी की याद की। अच्छा, मैंने सबकुछ कहा, इसका क्या अर्थ है?

बात यह है, जबकि नौकर या नौकरानी, बाजार करने को पैसे लेते हैं, तब हर चीज के पैसे अलग-अलग लेते हैं, कहते हैं—ये आलू के पैसे हुए, ये बैंगन के, ये मछली के, इस तरह सब पैसे अलग-अलग लेते हैं। सब हिसाब करके फिर पैसे मिला देते हैं।

विश्वास से क्या नहीं होता? जो सच्चे मार्ग पर है, वह सब पर

विश्वास करता है—साकार, निराकार, राम, कृष्ण, भगवती—सब पर।

जिसने मुँह बनाया, वही खाना देगा

एक कम उम्र का संन्यासी किसी गृहस्थ के यहाँ भिक्षा के लिए गया। वह जन्म से ही संन्यासी था। संसार की बातें कुछ नहीं जानता था। गृहस्थ की एक युवती लड़की ने आकर भिक्षा दी। संन्यासी ने कहा, "माँ, इसकी छाती पर कितने बड़े-बड़े फोड़े हुए हैं?"

उस लड़की की माँ ने कहा, "नहीं महाराज, इसके पेट में बच्चा होगा, बच्चे को दूध पिलाने के लिए ईश्वर ने इसे स्तन दिए हैं, उन्हीं स्तनों का दूध बच्चा पिएगा।"

तब संन्यासी ने कहा, "फिर सोच किस बात की है, मैं अब क्यों भिक्षा माँगूँ? जिन्होंने मेरी सृष्टि की है, वे ही मुझे खाने को भी देंगे।"

भगवान् पर विश्वास

एक दिन श्रीकृष्ण अर्जुन के साथ रथ पर सवार होकर घूमते हुए आकाश की ओर देखकर बोले, "देखो मित्र, कैसा कबूतर का झुंड उड़ा जा रहा है!"

तत्काल ही अर्जुन ने उस ओर देखकर कहा, "हाँ मित्र, बड़े ही सुंदर कबूतर हैं!"

फिर दूसरे ही क्षण पुनः उस ओर देखकर श्रीकृष्ण बोले, "नहीं मित्र, ये कबूतर नहीं है!"

अर्जुन ने देखकर कहा, "हाँ, ठीक है मित्र, वास्तव में ये कबूतर नहीं हैं!"

अब इस बात को समझो, अर्जुन महान् सत्यनिष्ठ थे, क्या उन्होंने श्रीकृष्ण की खुशामद करते हुए ऐसा कहा था? कदापि नहीं, किंतु श्रीकृष्ण

की बात पर उनकी इतनी सुदृढ़ भक्ति थी कि जैसा-जैसा श्रीकृष्ण ने कहा, अर्जुन को भी तत्काल ठीक वैसा ही दिखाई दिया।

विश्वास का बल

विश्वास में कितना बल है, यह तो तुमने सुना है न? पुराणों में लिखा है कि रामचंद्र को, जो साक्षात् पूर्णब्रह्म नारायण हैं, लंका जाने के लिए सेतु बाँधना पड़ा था, परंतु हनुमान रामनाम के विश्वास ही से कूदकर समुद्र के पार चले गए, उन्होंने सेतु की परवाह नहीं की।

उपवास की शक्ति

दो आदमी कुश्ती लड़े—हनुमानसिंह और एक पंजाबी मुसलमान। मुसलमान खूब तगड़ा था। कुश्ती के दिन तथा उसके पंद्रह दिन पहले उसने खूब मांस और घी खाया था। सब सोचते थे, यही जीतेगा।

हनुमानसिंह मैले कपड़े पहने रहता था। कुश्ती के कुछ दिन पहले वह बहुत कम खाया करता था, परंतु महावीरजी का नाम खूब लेता था। जिस दिन कुश्ती होने को थी, उस दिन तो उसने निर्जल उपवास किया। लोग सोचने लगे, यह जरूर हारेगा।

हनुमानसिंह मैले कपड़े पहने रहता था। कुश्ती के कुछ दिन पहले वह बहुत कम खाया करता था, परंतु महावीरजी का नाम खूब लेता था। जिस दिन कुश्ती होने को थी, उस दिन तो उसने निर्जल उपवास किया। लोग सोचने लगे, यह जरूर हारेगा।

परंतु जीता वही और पंद्रह दिन तक जिसने खूब खाया था, वह हार गया।

भगवान् के लिए सबकुछ संभव है

किसी समय एक स्थान पर दो योगी भगवत्प्राप्ति के लिए साधना कर रहे थे। एक दिन देवर्षि नारद उस ओर से गुजरे। उन योगियों में से एक ने नारद से पूछा, "क्या आप स्वर्ग से आ रहे हैं?"

नारद बोले, "हाँ।"

योगी ने कहा, "अच्छा बताइए तो भला, भगवान् इस समय स्वर्ग में क्या कर रहे हैं?"

नारद बोले, "मैंने आते समय देखा कि भगवान् सुई के छेद में से ऊँट और हाथियों को पार करा रहे हैं।"

सुनकर योगी ने कहा, "इसमें कोई अचरज नहीं। भगवान् के लिए कुछ भी असंभव नहीं।"

किंतु दूसरा योगी बोल उठा, "यह असंभव है। तुम भी स्वर्ग में नहीं गए।"

पहला योगी भक्त था। उसमें शिशु की तरह सरल विश्वास था। वह जानता था कि भगवान् के लिए कुछ भी असंभव नहीं, भगवान् का स्वरूप कोई नहीं जानता।

व्याकुलता से सारे सुयोग जुट जाते हैं

एक के लड़के का अब-तब हो रहा था। वह आदमी व्याकुल होकर इधर-उधर उपाय पूछता फिरता था। एक ने कहा, "तुम अगर एक उपाय कर सको तो लड़का अच्छा हो जाएगा। अगर स्वाति नक्षत्र का पानी मुरदे की खोपड़ी पर गिरे और उसी में रुक जाए, फिर अगर एक मेढक उस पानी को पीने के लिए बढ़े और साँप उसे खदेड़े, खदेड़कर पकड़ते समय मेढक उछलकर उस खोपड़ी को पार कर जाए और साँप का विष उसी खोपड़ी में गिर जाए तथा वह विषैला पानी अगर रोगी को थोड़ा सा पिला सको, तो वह अच्छा हो सकता है।"

वह आदमी उसी समय स्वाति नक्षत्र में दवा की तलाश के लिए निकला। उसी समय पानी बरसना भी शुरू हो गया। तब वह व्याकुल होकर ईश्वर से कहने लगा, "भगवन्, अब मुरदे की खोपड़ी भी कहीं से ला दो।"

खोजते हुए उसे मुरदे की खोपड़ी भी मिल गई। उसमें स्वाति नक्षत्र का पानी भी पड़ा हुआ था। तब वह प्रार्थना करके कहने लगा, "जय हो तुम्हारी भगवन्, अब और जो कुछ रह गया है, वह भी सब जुटा दो—मेढक और साँप।"

उसकी जैसी व्याकुलता थी, वैसी ही शीघ्रता से सब सामान भी इकट्ठे होते गए। देखते-ही-देखते एक साँप मेढक का पीछा करते हुए आने लगा और काटते समय उसका विष भी उसी खोपड़ी में गिर गया।

ईश्वर की शरण में जाकर, उन्हें व्याकुल होकर पुकारने पर वे उस पुकार पर अवश्य ही ध्यान देंगे, सब सुयोग वे स्वयं जुटा देंगे।

आधे विश्वास से काम नहीं होता

एक ग्वालिन एक ब्राह्मण पंडित के यहाँ दूध पहुँचाया करती थी। ग्वालिन का घर नदी के उस पार था; समय पर नाव न मिलने के कारण उसे दूध लाने में देर हो जाया करती थी। एक दिन देरी के कारण पंडितजी ने उसे खूब फटकारा।

एक ग्वालिन एक ब्राह्मण पंडित के यहाँ दूध पहुँचाया करती थी। ग्वालिन का घर नदी के उस पार था; समय पर नाव न मिलने के कारण उसे दूध लाने में देर हो जाया करती थी। एक दिन देरी के कारण पंडितजी ने उसे खूब फटकारा।

ग्वालिन बोली, "क्या करूँ, महाराज? मैं तो घर से जल्दी ही निकलती हूँ, पर मल्लाह के सिर मुझे बहुत देर तक बैठे रहना पड़ता है।"

पंडितजी बोले, "अरी! रामनाम लेकर लोग भवसागर पार हो जाते हैं और तू एक छोटी सी नदी को पार नहीं कर पाती!"

ग्वालिन बेचारी भोली-भाली थी। पंडितजी की बात सुन, वह बड़ी प्रसन्न हुई। दूसरे दिन से वह नाव के लिए राह न देख विश्वास के साथ रामनाम लेते हुए पैरों चलकर नदी पार कर आने लगी।

एक दिन ब्राह्मण ने उससे पूछा, "क्या बात है, आजकल तो तुझे देर नहीं होती ?"

ग्वालिन बोली, "महाराज, तुम्हारी बात सुनकर मैं अब नाव के लिए नहीं ठहरती, रामनाम लेते हुए पैदल ही नदी पार कर आती हूँ।"

पंडितजी को इस बात पर विश्वास ही नहीं हुआ। उन्होंने उससे कहा, "तू मुझे चलकर नदी पार करके दिखा सकती है ?"

ग्वालिन पंडितजी को साथ ले गई और नदी में उतरकर रामनाम लेते हुए चलने लगी। पंडितजी भी घबराते हुए पानी में उतरे और धोती को सँभालते हुए बड़ी मुश्किल से एक-दो पग आगे बढ़े। ग्वालिन ने थोड़ी दूर जाकर जब पीछे मुड़कर देखा, तो पंडितजी बड़े मुसीबत में पड़े हुए थे। तब वह बोली, "वाह महाराज, तुम मुँह से रामनाम भी लोगे और हाथों से धोती भी सँभालोगे—यह कैसे चलेगा।"

भगवान् पर पूरे विश्वास के साथ समर्पण करो, तभी काम बनेगा।

पाप कटे हरिनाम से

किसी राजा के हाथ से ब्रह्महत्या हो गई थी। इस पाप के प्रायश्चित्त का विधान पूछने के लिए वह एक ऋषि की कुटिया में गया। ऋषि उस समय स्नान के लिए गए हुए थे। उनका पुत्र कुटिया में था, उसने राजा की बात सुनकर कहा, "तुम तीन बार रामनाम ले लो।"

ऋषि ने कुटिया में लौटकर जब यह बात सुनी तो वे क्रुद्ध होकर बोले, "जिस रामनाम का एक बार उच्चारण करने से कोटि जन्मों के पाप कट जाते हैं, तूने राजा से वह रामनाम तीन बार लेने को कहा! तू चांडाल बन जा।"

यही ऋषिपुत्र रामायण का गुहक चांडाल बना।

पक्का हो विश्वास

किसी मनुष्य को लंका से समुद्र के पार जाना था। विभीषण ने कहा, "इस वस्तु को कपड़े के छोर में बाँध लो तो बिना किसी बाधा के पार हो जाओगे, जल के ऊपर से चलकर जा सकोगे; परंतु खोलकर नहीं देखना, खोलकर देखोगे तो डूब जाओगे।"

किसी मनुष्य को लंका से समुद्र के पार जाना था। विभीषण ने कहा, "इस वस्तु को कपड़े के छोर में बाँध लो तो बिना किसी बाधा के पार हो जाओगे, जल के ऊपर से चलकर जा सकोगे; परंतु खोलकर नहीं देखना, खोलकर देखोगे तो डूब जाओगे।"

वह मनुष्य आनंदपूर्वक समुद्र के ऊपर से चला जा रहा था, विश्वास की ऐसी शक्ति है। कुछ रास्ता पार कर, वह सोचने लगा कि विभीषण ने ऐसा क्या बाँध दिया, जिसके बल से मैं पानी के ऊपर से चला जा रहा हूँ! यह सोचकर उसने गाँठ खोली और देखा तो एक पत्ते पर केवल 'रामनाम' लिखा था! तब वह मन-ही-मन कहने लगा, "अरे, बस यही है!" ज्योंही यह सोचा कि डूब गया।

विश्वास

जो भगवान् का 'नाम' लेता है, वह पवित्र हो जाता है। आरियादह के भक्त कृष्णकिशोर का कैसा विश्वास था! एक बार वह वृंदावन यात्रा को गया था। वहाँ एक दिन चलते-चलते उसे प्यास लगी। उसने किसी कुएँ के पास एक आदमी को खड़ा देख, उससे पानी माँगा।

वह आदमी बोला, "महाराज, मैं नीची जाति का हूँ, आप ब्राह्मण हैं, मैं आपको कैसे पानी पिलाऊँ?"

कृष्णकिशोर बोला, "तू 'शिव-शिव' कह। 'शिव शिव' कहने से ही तू शुद्ध हो जाएगा।"

तब उस आदमी ने 'शिव-शिव' कहते हुए पानी खींचा और कैसा आचार-निष्ठावान् ब्राह्मण, उसने वही पानी पिया! कैसा ज्वलंत विश्वास था।

धैर्य की आवश्यकता

जिसे मछली पकड़ने का शौक है, वह अगर सुने कि अमुक तालाब में अच्छी बड़ी-बड़ी मछलियाँ हैं, तो वह पहले जिन्होंने उस तालाब से मछली पकड़ी है, उनके पास जाता है और पूछता है, "क्या उस तालाब में सचमुच ही बड़ी मछलियाँ हैं और अगर हों तो कौन सा चारा लगाने से वे फँसती हैं?"

इन सब जरूरी बातों की जानकारी इकट्ठा करके, वह उस तालाब में जाकर बंसी लगाकर बैठता है। काफी समय तक धीरज के साथ बैठे रहने के बाद, अंत में उसकी बंसी में बड़ी मछली आ फँसती है। धर्ममार्ग में भी इसी प्रकार, साधु-महापुरुषों की बात पर विश्वास रखकर, भक्तिरूपी चारा लगाकर, हृदयरूपी बंसी डाले, धैर्य के साथ बैठे रहना पड़ता है, तभी अंत में भगवान् की प्राप्ति होती है।

भगवान् भाव के भूखे हैं

एक दिन किसी रईस आदमी का नौकर कपड़े में ढकी हुई, कोई वस्तु हाथ में ले, मालिक के दफ्तर के एक कोने में विनीत भाव से खड़ा था। मालिक ने उसे देखकर पूछा, "क्यों जी, तुम्हारे हाथ में क्या है?"

अत्यंत संकोच के साथ नौकर ने कपड़े में से एक शरीफा निकालकर मालिक के सामने रखा; वह बोला तो कुछ नहीं, पर उसके चेहरे से यह भाव स्पष्ट रूप से प्रकट हो रहा था कि 'मालिक अगर इसे ग्रहण करें तो मैं निहाल हो जाऊँ।'

उसका भक्ति-भाव देख मालिक ने प्रेम के साथ उस फल को ग्रहण करते हुए कहा, "वाह, बहुत अच्छा शरीफा है! तुम कहाँ से ले आए?"

भगवान् का सबसे बड़ा भक्त

एक बार अर्जुन के मन में बड़ा गर्व उत्पन्न हुआ कि 'मैं भगवान् का सबसे बड़ा भक्त हूँ।' अंतर्यामी भगवान् श्रीकृष्ण उसके गर्व को चूर्ण करने के लिए उसे एक दिन अपने साथ लेकर घूमने गए। जाते-जाते एक स्थान पर उन्होंने एक ब्राह्मण को देखा। वह सूखी घास खा रहा था, पर उसकी कमर में एक तेज तलवार लटक रही थी। अर्जुन तुरंत समझ गया कि ब्राह्मण परम वैष्णव है, अहिंसा पालन करना ही उसका धर्म है, यहाँ तक कि वह हरी घास तक को जीवनयुक्त समझकर नहीं खाता, केवल सूखी घास खाकर पेट भरता है, परंतु भला ऐसे परम वैष्णव की कमर में तलवार क्यों? इस विसंगति को समझ न पाकर अर्जुन ने कृष्ण से पूछा, "यह कैसी विचित्र बात है! इसमें एक ओर परम अहिंसा का भाव दिखाई दे रहा है और दूसरी ओर घोर हिंसा का प्रतीक! इसका कारण क्या है? मेरी तो समझ में नहीं आता।"

एक बार अर्जुन के मन में बड़ा गर्व उत्पन्न हुआ कि 'मैं भगवान् का सबसे बड़ा भक्त हूँ।' अंतर्यामी भगवान् श्रीकृष्ण उसके गर्व को चूर्ण करने के लिए उसे एक दिन अपने साथ लेकर घूमने गए। जाते-जाते एक स्थान पर उन्होंने एक ब्राह्मण को देखा। वह सूखी घास खा रहा था, पर उसकी कमर में एक तेज तलवार लटक रही थी।

श्रीकृष्ण ने कहा, "तुम उसी से पूछो न।"

तब अर्जुन ने ब्राह्मण के निकट जाकर पूछा, "महाराज, तुम तो जीवहिंसा नहीं करते, सूखी घास खाया करते हो, फिर तुम्हारे पास यह तलवार क्यों?"

ब्राह्मण बोला, "यह तलवार मैंने चार जन को काटने के लिए रखी है।"

अर्जुन : किस-किसको ?

ब्राह्मण : पहले उस दुष्ट नारद को !

अर्जुन : क्यों ?

ब्राह्मण : दुष्ट की इतनी मजाल कि वह क्या दिन, क्या रात, जब चाहे, तब मेरे भगवान् को गाते-बजाते हुए जगा देता है !

अर्जुन : दूसरा कौन ?

ब्राह्मण : वह दुष्ट प्रह्लाद है। पाजी ने भगवान् की नवनीत जैसी कोमल देह को कठिन स्फटिक स्तंभ के भीतर से निकाला !

अर्जुन : तीसरा कौन ?

ब्राह्मण : वह दुष्ट द्रौपदी है।

अर्जुन : उसने क्या किया ?

ब्राह्मण : पापिन की इतनी हिम्मत कि जिस समय भगवान् भोजन करने बैठे थे, उसी समय उन्हें बुलाकर भोजन नहीं करने दिया और ऊपर से उन्हें अपना जूठा खिलाया।

अर्जुन : और चौथा किसे काटना है ?

ब्राह्मण : अर्जुन को।

अर्जुन : क्यों ?

ब्राह्मण : उसका इतना दुस्साहस कि मेरे भगवान् को अपना सारथी बनाया। ब्राह्मण के भक्तिभाव की गहराई को देख अर्जुन स्तंभित और मुग्ध हो गया। उसका अहंकार चूर्ण हो गया।

माँ ब्रह्मांड-स्वरूप है

माता भगवती के पास कार्तिकेय और गणेश बैठे हुए थे ! उनके गले में मणियों की माला पड़ी थी। माता ने कहा, "जो पहले इस ब्रह्मांड की परिक्रमा करके आ जाएगा, उसी को मैं यह माला दे दूँगी।"

कार्तिक उसी समय फौरन मयूर पर चढ़कर चल दिए।

गणेश ने धीरे-धीरे माता की परिक्रमा करके उन्हें प्रणाम किया। गणेश

जानते थे, माता के भीतर ही ब्रह्मांड है। माँ ने प्रसन्न होकर गणेश को हार पहना दिया। बड़ी देर बाद कार्तिक ने आकर देखा कि उनके दादा हार पहने हुए बैठे थे।

भक्ति द्वारा सब मिलते हैं। उन्हें प्यार कर सकने पर फिर किसी चीज का अभाव नहीं रह जाता।

परमभक्त कौआ

राम और लक्ष्मण जब पंपा सरोवर पर गए, तब लक्ष्मण ने देखा, एक कौआ व्याकुल होकर बार-बार पानी पीने के लिए जा रहा था, परंतु पीता नहीं था। राम से पूछने पर उन्होंने कहा, "भाई, यह कौआ परम भक्त है। दिन-रात यह रामनाम जप रहा है। इधर, मारे प्यास के छाती फटी जा रही है, परंतु पानी पी नहीं सकता। सोचता हूँ, पानी पीने लगूँगा तो जप छूट जाएगा।"

भक्त भगवान् को कष्ट नहीं देता

तीन मित्र जंगल में जा रहे थे, सहसा एक बाघ सामने आ खड़ा हुआ। एक आदमी बोला, "भाई, हम आज मरे।"

दूसरा आदमी बोला, "क्यों, मरेंगे क्यों? आओ, ईश्वर का स्मरण करें।"

तीसरा आदमी बोला, "नहीं, ईश्वर को कष्ट देकर क्या होगा? आओ, इसी पेड़ पर चढ़कर बैठें।"

जिस आदमी ने कहा, 'हम लोग मरे' वह नहीं जानता था कि ईश्वर रक्षा करनेवाले हैं। जिसने कहा, 'आओ, ईश्वर का स्मरण करें' वह ज्ञानी था, वह जानता था कि ईश्वर सृष्टि, स्थिति, प्रलय के मूल कारण हैं और जिसने कहा, 'भगवान् को कष्ट देकर क्या होगा, आओ,

पेड़ पर चढ़ बैठें', उसके भीतर प्रेम उत्पन्न हुआ था; स्नेह-ममता का भाव आया था, तो प्रेम का स्वभाव ही यह है कि प्रेमी अपने को बड़ा समझता है और प्रेमास्पद को छोटा। वह देखता है, कहीं उसे कोई कष्ट न हो। उसकी यही इच्छा होती है कि जिससे प्रेम करे, उसके पैर में एक काँटा भी न चुभे।

श्रीकृष्ण की विनयशीलता

पांडवों ने जब राजसूय यज्ञ किया, उस समय देश के नरेश युधिष्ठिर को सिंहासन पर बिठाकर प्रणाम करने लगे। विभीषण बोले, "मैं एक नारायण को प्रणाम करूँगा और दूसरे को नहीं।"

यह सुनते ही भगवान् स्वयं भूमिष्ठ होकर युधिष्ठिर को प्रणाम करने लगे। तब विभीषण ने राजमुकुट धारण किए हुए भी युधिष्ठिर को साष्टांग प्रणाम किया।

सब रामजी की इच्छा से होता है

किसी गाँव में एक जुलाहा रहता था। वह बड़ा धार्मिक था। उसकी धार्मिकता के लिए सभी उस पर विश्वास करते थे तथा उससे प्रेम रखते थे। जुलाहा हाट में जाकर कपड़े बेचा करता था। खरीददार द्वारा कपड़े की कीमत पूछे जाने पर वह कहता, "रामजी की इच्छा से सूत का दाम एक रुपया है, रामजी की इच्छा से मेहनत के चार आने लगे, रामजी की इच्छा से मुनाफा दो आना लगाया गया, सो रामजी की इच्छा से कपड़े का दाम हुआ एक रुपया छह आना।"

उसकी बात पर विश्वास कर लोग झट मुँहमाँगा दाम देकर कपड़ा ले जाते। जुलाहा बड़ा भक्त था। भोजन के बाद वह गहरी रात तक बरामदे में बैठा हुआ ईश्वर का चिंतन, उनका नाम गुणगान किया करता।

एक दिन उसे बड़ी रात तक नींद नहीं आई। वह बैठे-बैठे बीच-बीच में तंबाकू पी रहा था। उसी समय रास्ते से डकैतों का एक दल कहीं डकैती करने जा रहा था। उन्हें सामान ढोने के लिए एक कुली की जरूरत थी। वे उस जुलाहे को देखते ही अपने साथ खींच ले गए। फिर उन्होंने एक मकान में डाका डाला और सब माल जुलाहे के सिर पर लादकर चलने लगे, पर इतने में पुलिस आ पहुँची। पुलिस को देख, डाकू तो भाग निकले, पर बेचारा जुलाहा सिर पर माल लादे हुए पकड़ा गया। उसे थाने में ले जाया गया।

दूसरे दिन हाकिम के सामने न्याय होनेवाला था। यह खबर सुनते ही गाँववाले थाने में जा पहुँचे और हाकिम से कहने लगे, "हुजूर, यह बड़ा धर्मात्मा है, यह डकैती हरगिज नहीं कर सकता।"

तब हाकिम ने उसे सारी घटना विस्तृत रूप से सुनाने के लिए कहा।

जुलाहा बोला, "हुजूर! रामजी की इच्छा से मैंने रात को रोटी खाई। फिर रामजीं की इच्छा से बरामदे में बैठकर भगवान् का नाम लेने लगा। रामजी की इच्छा से बहुत रात हो गई। ऐसे समय, रामजी की इच्छा से रास्ते से एक डाकुओं की टोली जा रही थी। रामजी की इच्छा से, वे मेरा हाथ पकड़कर खींच ले गए। फिर रामजी की इच्छा से उन्होंने एक जन के मकान में डाका डाला। रामजी की इच्छा से उन्होंने मेरे सिर पर सब माल लाद दिया। इतने में रामजी की इच्छा से पुलिस आ पहुँची। रामजी की इच्छा से सब डाकू भाग गए। रामजी की इच्छा से मैं पकड़ा गया। रामजी की इच्छा से कल रात भर मैं थाने में बंद रहा और आज सवेरे रामजी की इच्छा से मुझे हुजूर के सामने लाया गया।"

उस जुलाहे की सरलता और धर्मभाव को देख हाकिम ने उसे छोड़ दिया। जुलाहा घर लौटते हुए रात में अपने पहचानवालों से कहने लगा, "रामजी की इच्छा से मुझे छोड़ दिया गया।"

संसार में रहना, संन्यास ग्रहण करना, सभी राम की इच्छा है, इसलिए उन्हीं पर सब भार डालकर संसार का कामकाज करो।

प्रभु का रूप अतुल्य है

मंदोदरी ने अपने पति रावण से कहा था, "यदि तुम्हें सीता को रानी बनाने की इतनी चाह है तो तुम एक बार अपनी माया से राम का रूप धारण कर उसके सामने क्यों नहीं जाते?"

तब रावण ने कहा, "छिह! रामरूप का चिंतन करते ही हृदय में ऐसे अपूर्व आनंद का अनुभव होने लगता है कि उसके आगे ब्रह्मपद भी तुच्छ जान पड़ता है, फिर परायी स्त्री की बात क्या?"

बंद आँखों से भी दर्शन होता है

एक बार गोपाल का कुछ समाचार न मिलने के कारण यशोदा माता राधिका के पास आकर बोलीं, "बेटी, तू मेरे गोपाल की कोई खबर जानती है?"

राधा उस समय भावमग्न थीं, यशोदा की बात को वे नहीं सुन सकीं। बाद में भावसमाधि के भंग होने पर अपने सामने नंदरानी यशोदा को बैठी देख उन्होंने उन्हें प्रणाम कर पूछा, "माँ, तुम यहाँ क्यों आई हो?"

यशोदा ने अपने आने का कारण बताया। सुनकर राधा बोली, "माँ, तुम नैन मूँदकर गोपाल के रूप का ध्यान करो। ऐसा करते ही तुम उन्हें देख पाओगी।"

यशोदा के नैन मूँदते ही सहभावमयी राधिका ने उन्हें भाव में निमग्न कर दिया और तब यशोदा को भावावस्था में गोपाल के दर्शन हुए। तदनंतर यशोदा ने राधिका से वर माँगा, "बेटी, मुझे यही वर दो कि मैं नैन मूँदते ही गोपाल के दर्शन पाऊँ।"

सकाम भक्ति की प्रेरणा

सीता का उद्धार हो जाने पर विभीषण को राज करना पसंद न आया। ...्प ने कहा, "मूर्खों को शिक्षा देने के लिए तुम राज करो। नहीं तो वे कहेंगे,

विभीषण ने राम की सेवा की, परंतु क्या पाया? राज्य देखकर उन्हें भी संतोष होगा।"

महिमा सब भगवान् की

मथुर बाबू के साथ मैं एक जगह और गया था। कितने ही पंडित मेरे साथ विचार करने के लिए आए थे। मैं तो मूर्ख हूँ ही। उन लोगों ने मेरी वह अवस्था देखी और मेरे साथ बातचीत होने पर उन लोगों ने कहा, "महाराज! पहले जो कुछ हमने पढ़ा है, तुम्हारे साथ बातचीत करने पर उस सारी विद्या से जी हट गया। अब समझ में आया, उनकी कृपा होने पर ज्ञान का अभाव नहीं रह जाता। मूर्ख भी विद्वान् हो जाता है, मूक में भी बोलने की शक्ति आ जाती है।" इसीलिए कह रहा हूँ, पुस्तकें पढ़ने से ही कोई पंडित नहीं हो जाता।

उस देश (कामारपुकुर) में लोग जब भान नापते हैं, तो 'राम-राम, राम-राम' कहते जाते हैं। एक आदमी नापता है और एक दूसरा आदमी राशि पूरी करता जाता है। उसका काम यही है कि जब राशि घट जाए, तब पूरी करता रहे।

हाँ, उनकी कृपा होने पर फिर ज्ञान की कमी नहीं रह जाती। देखो न, मैं तो मूर्ख हूँ, कुछ भी नहीं जानता, परंतु ये सब बातें कौन कहता है? फिर इस ज्ञान का भंडार अक्षय है। उस देश (कामारपुकुर) में लोग जब भान नापते हैं, तो 'राम-राम, राम-राम' कहते जाते हैं। एक आदमी नापता है और एक दूसरा आदमी राशि पूरी करता जाता है। उसका काम यही है कि जब राशि घट जाए, तब पूरी करता रहे। मैं भी जो बातें कह जाता हूँ, जब वे घटने पर आ जाती हैं, तब माँ अपने अक्षय ज्ञान-भंडार से राशि पूरी कर देती हैं।

मैं तो मूर्ख हूँ, कुछ जानता ही नहीं, तो यह सब कहता कौन है? मैं कहता हूँ, 'माँ, मैं यंत्र हूँ, तुम यंत्री हो; मैं गृह हूँ, तुम गृहस्वामिनी हो; मैं

रथ हूँ, तुम रथी हो; तुम जैसा कराती हो, मैं वैसा ही करता हूँ; जैसा चलाती हो, वैसा ही चलता हूँ; नाहम्-नाहम्, तुम हो, तुम हो।'

उन्हीं की जय है, मैं तो केवल यंत्रमात्र हूँ। श्रीमती जब सहस्त्र छेदवाला घट लेकर जा रही थीं, तब उसमें से जरा भी पानी नहीं गिरा। यह देखकर, सब लोग उनकी प्रशंसा करने लगे। कहा, "ऐसी सती दूसरी न होगी।"

तब श्रीमती ने कहा, "तुम लोग मेरी जय क्यों मनाते हो? कहो, कृष्ण की जय हो। मैं तो उनकी एक दासी मात्र हूँ।"

श्रद्धा से दर्शन मिले

जब चैतन्यदेव दक्षिण में तीर्थ-भ्रमण कर रहे थे तो उन्होंने देखा कि एक आदमी गीता पढ़ रहा है। एक दूसरा आदमी थोड़ी दूर बैठ, उसे सुन रहा है और सुनकर रो रहा है, आँखों से आँसू बह रहे हैं।

चैतन्यदेव ने पूछा, "क्या तुम यह सब समझ रहे हो?"

उसने कहा, "प्रभु, इन श्लोकों का अर्थ तो मैं नहीं समझता हूँ।"

उन्होंने पूछा, "तो रोते क्यों हो?"

भक्त ने जवाब दिया, "मैं देखता हूँ कि अर्जुन का रथ है और उसके सामने भगवान् और अर्जुन बातचीत कर रहे हैं। बस यही देखकर मैं रो रहा हूँ।"

भक्ति का बीज नष्ट नहीं होता

जिस भक्त में विष्णु का अंश रहता है, उसमें भक्ति का बीज नष्ट नहीं होता। मैं एक ज्ञानी के पंजे में फँस गया, उसने ग्यारह महीने तक वेदांत सुनाया, परंतु वह मुझमें भक्ति का बीज बिल्कुल नष्ट नहीं कर सका। घूम-फिरकर, वही 'माँ- माँ'! जब मैं गाता था, तब ज्ञानी रोने लगता था। कहता था, "अरे, यह तूने क्या सुनाया।"

देखा, इतना बड़ा ज्ञानी भी रोने लगता था। इतना समझ रखना, अलख लता का रस जब पेट में जाता है तो पेड़ होता ही है। भक्ति का बीज अगर पड़ गया, तो उससे क्रमशः पेड़ और फूल-फल होते ही हैं।

चाहे लाख ज्ञान और विचार करो, भक्ति का बीज अगर भीतर रहा, तो घूम-फिरकर वही 'भज-राम-भज सीताराम।'

सबसे बड़ा भक्त

एक बार नारद के मन में अभिमान उत्पन्न हुआ, 'मेरे जैसा भक्त कोई नहीं।'

भगवान् नारद का यह भाव जान गए। उन्होंने कहा, "नारद, अमुक स्थान पर मेरा एक भक्त रहता है, उससे मिल आओ।"

नारद ने वहाँ जाकर एक किसान को देखा। वह किसान सुबह उठ, केवल एक बार हरिनाम का उच्चारण कर हल ले, खेत में चला गया। खेत में उसने दिन भर काम किया। फिर घर आ रात को सोते समय वह और एक बार हरि का नाम लेकर सो गया।

यह सब देखकर नारद ने मन-ही-मन कहा, "वाह रे, वाह! भगवान् इसी को भक्त कह रहे हैं? भक्त का लक्षण तो इसमें कुछ भी नहीं दिखाई देता!"

फिर नारद ने भगवान् के पास जाकर अपना मनोभाव प्रकट किया।

तब भगवान् बोले, "नारद, तुम इस तेल से भरी कटोरी को हाथ में ले गोलोकधाम का भ्रमण कर आओ, परंतु देखना, एक बूँद तेल न छलक पाए।"

भगवान् के आदेशानुसार नारद हाथ में तेल का कटोरा लिये गोलोकभ्रमण कर आए। तब भगवान् ने पूछा, "नारद, गोलोकभ्रमण करते समय तुमने मेरा कितनी बार स्मरण किया?"

नारद बोले, "भगवन्, मैं एक बार भी आपका स्मरण नहीं कर सका। भला करता भी कैसे? आपने मुझे जो तेल की कटोरी दी थी, वह लबालब

भरी हुई थी। उसमें से तेल छलक न पाए, इस भय से मुझे उसी ओर पूरी दृष्टि रखकर बहुत ही सँभल-सँभलकर चलना पड़ा।"

भगवान् ने कहा, "नारद, एक कटोरी तेल के भय से तुम्हारे जैसा भक्त मुझे भूल गया। फिर वह किसान कितना बड़ा भक्त न होगा, जो सिर पर यह प्रचंड संसार का भार ढोते हुए भी दिन में कम-से-कम दो बार तो मेरा स्मरण करता है!"

इस दुनिया में सभी भिखारी

एक बार शाह जिस समय दिल्ली का बादशाह था, उस समय दिल्ली से कुछ दूरी पर एक वन में एक फकीर रहा करता था। उस फकीर की कुटिया में काफी लोग आया-जाया करते, पर फकीर के पास उनका आदर-सत्कार करने के लिए कुछ नहीं था। एक बार फकीर को अतिथि-अभ्यागतों का आदर-सत्कार करने की बड़ी इच्छा हुई और उसने सोचा, 'यह काम रुपए-पैसे के बिना नहीं हो सकता, इसके लिए एक बार अकबर शाह के पास जाया जाए।'

एक बार शाह जिस समय दिल्ली का बादशाह था, उस समय दिल्ली से कुछ दूरी पर एक वन में एक फकीर रहा करता था। उस फकीर की कुटिया में काफी लोग आया-जाया करते, पर फकीर के पास उनका आदर-सत्कार करने के लिए कुछ नहीं था।

अकबर शाह का दरबार साधु-संत और फकीर-दरवेशों के लिए हर समय खुला रहता था। फकीर जिस समय गया, उस समय अकबर शाह नमाज पढ़ रहा था। फकीर पास ही जाकर बैठ गया। उसने सुना कि अकबर खुदा से कह रहा है, "अल्लाह, मुझे धन दे, दौलत दे, ताकत दे।"

सुनते ही फकीर उठकर जाने लगा। अकबर ने इशारे से उसे बैठने को कहा, फिर नमाज पूरा करने के बाद उसने उससे पूछा, "आप आकर बैठे, फिर उठकर जाने क्यों लगे?"

फकीर बोला, "बादशाह को वह बात सुनने की कोई जरूरत नहीं; मैं चलता हूँ।"

बादशाह के बहुत जबरदस्ती करने पर अंत में फकीर ने कहा, "मेरे यहाँ लोग आया करते हैं। उनकी सुख-सुविधा के लिए तुम्हारे पास कुछ माँगने आया था।"

अकबर बोला, "तो फिर चले क्यों जा रहे हैं?"

फकीर बोला, "जब देखा, तुम भी धन-दौलत के भिखारी हो, तो सोचा 'भिखारी के पास भीख माँगने से क्या फायदा! माँगना ही है तो अल्लाह से ही क्यों न माँगूँ?'"

हनुमान का भाव

देखो तो, हनुमान का भाव कैसा है! धन, मान, शरीर सुख कुछ भी नहीं चाहते, केवल भगवान् को चाहते हैं। जब स्फटिक-स्तंभ के भीतर से ब्रह्मास्त्र निकालकर भागे, तब मंदोदरी नाना प्रकार के फल लेकर लोभ दिखाने लगी। उसने सोचा कि फल के लोभ से उतरकर शायद ये ब्रह्मास्त्र फेंक दें; पर हनुमान इस भुलावे में कब पड़ने लगे? उन्होंने कहा, "मुझे फलों का अभाव नहीं है। मुझे जो फल मिला है, उससे मेरा जन्म सफल हो गया है। मेरे हृदय में मोक्षफल के वृक्ष श्रीरामचंद्रजी हैं। श्रीराम-कल्पतरु के नीचे बैठा करता हूँ; जब जिस फल की इच्छा होती है, वही फल खाता हूँ। फल के बारे में कहता हूँ कि तेरा फल मैं नहीं चाहता हूँ। तू मुझे फल न दिखा, मैं इसका प्रतिफल दे पाऊँगा।"

ईश्वरेच्छा और पुरुषार्थ

मानव में स्वतंत्र इच्छा का अस्तित्व कुछ विद्यमान है या नहीं, बहुत देर तक वाद-विवाद करने के पश्चात् उसकी यथार्थ मीमांसा के लिए श्रीरामकृष्णदेव के समीप उपस्थित हुए। बालकों के विवाद को कुछ देर

अंत में, मनुष्य को इस बात का पता चलता है, फिर भी यह बात है कि मानो किसी गाय को एक लंबी रस्सी द्वारा खूँटे से बाँध दिया गया है, वह गाय खूँटे से एक हाथ दूरी पर खड़ी हो सकती है और यदि चाहे तो रस्सी जितनी लंबी है, वहाँ तक जाकर भी खड़ी हो सकती है, मानव की स्वाधीन इच्छा भी इसी प्रकार की है।

तक वे कौतूहल से सुनते रहे, तदनंतर गंभीर होकर बोले, "अरे, कोई स्वाधीन इच्छा भी किसी के अंदर कुछ विद्यमान है क्या? ईश्वरेच्छा से ही सर्वदा सबकुछ हो रहा है और होता रहेगा। अंत में, मनुष्य को इस बात का पता चलता है, फिर भी यह बात है कि मानो किसी गाय को एक लंबी रस्सी द्वारा खूँटे से बाँध दिया गया है, वह गाय खूँटे से एक हाथ दूरी पर खड़ी हो सकती है और यदि चाहे तो रस्सी जितनी लंबी है, वहाँ तक जाकर भी खड़ी हो सकती है, मानव की स्वाधीन इच्छा भी इसी प्रकार की है। वह गाय उस दायरे में चाहे जहाँ बैठे, खड़ी हो अथवा घूमती रहे, इसीलिए मनुष्य उसे इस प्रकार से बाँधता है। ठीक उसी प्रकार ईश्वर ने भी मानव को कुछ शक्ति देकर तदनुसार वह जैसे एवं जितना चाहे, उसका प्रयोग कर सकता है, इस प्रकार की स्वतंत्रता देकर उसे छोड़ दिया है। इसीलिए मनुष्य अपने को स्वतंत्र समझता है, किंतु रस्सी खूँटे से बँधी हुई है। बात यह है कि उनसे आर्त होकर प्रार्थना करने पर वे उसे ढीला कर बाँध सकते हैं, उस रस्सी को और भी लंबी कर दे सकते हैं और चाहें तो गले के बंधन को एकदम खोल भी सकते हैं।"

इन बातों को सुनकर हमने पूछा, "मान्यवर, तब तो साधन-भजन करने में मनुष्य का कोई हाथ नहीं है? हर एक फिर यह कह सकता है कि मैं जो कुछ कर रहा हूँ, सब उनकी इच्छा से ही कर रहा हूँ?"

श्रीरामकृष्ण : अरे, केवल कहने से क्या होगा, कील-काँटे नहीं हैं, केवल इस प्रकार कहने से ही क्या काम चल जाता है? काँटे पर हाथ पड़ते ही उसके चुभ जाने से मनुष्य 'ॐ' करके चिल्ला उठता

है! साधन-भजन करना यदि मनुष्य के हाथ में होता, तब तो सभी लोग उसका अनुष्ठान कर सकते, किंतु मनुष्य फिर क्यों नहीं कर पाते हैं? बात यह है कि उन्होंने तुमको जितनी शक्ति दी है, यदि तुम उसका उचित प्रयोग नहीं करोगे तो वे उससे और अधिक नहीं देंगे। इसीलिए पुरुषार्थ या उद्यम की आवश्यकता है। देखो, सभी को कुछ-न-कुछ उद्यम करके ही ईश्वर-कृपा का अधिकारी बनना पड़ता है। ऐसा करने पर उनकी कृपा से दस जन्म के भाग एक ही जन्म में समाप्त हो जाते हैं, किंतु उन पर निर्भरशील होकर कुछ-न-कुछ उद्यम करना ही पड़ता है। इस प्रसंग में एक कहानी सुनो—

गोलोक-विहारी विष्णु ने एक बार किसी कारणवश नारदजी को अभिशाप दिया कि उन्हें नरक भोगना पड़ेगा। नारदजी चिंतातुर हो उठे। नाना प्रकार की स्तव-स्तुतियों द्वारा उन्हें संतुष्ट कर वे बोले, "अच्छा प्रभो, नरक कहाँ है, वह कैसा है तथा कितने प्रकार का है, मेरी यह जानने की इच्छा हो रही है, मुझे कृपा कर बताइए।"

स्वर्ग, नरक तथा पृथ्वी, जो जहाँ पर अवस्थित है, उनको खड़िया से धरती पर अंकित कर दिखाते हुए विष्णु बोले, "यहाँ पर स्वर्ग तथा यहाँ नरक है।"

नारदजी ने कहा, "अच्छा, तो फिर यही मेरा नरकभोग हो गया।" यह कहकर उस अंकित नरक के ऊपर लोट लगाने के पश्चात् नारदजी ने उन्हें प्रणाम किया।

विष्णु हँसते हुए बोले, "यह क्या, तुम्हारा नरकभोग कैसे हुआ?"

नारदजी ने कहा, "क्यों प्रभो, स्वर्ग तथा नरक का सृजन आप ही ने तो किया है? आप उसे अंकित कर मुझे दिखाते हुए, जब यह बोले कि 'यह नरक है', तब वह स्थान वास्तव में नरक ही हो गया और मैं उस पर लोट गया। लोट लेने से मेरा भी नरकभोग क्यों नहीं पूरा हो गया?"

नारदजी ने यह बात अपने हार्दिक विश्वास से कही, इसलिए विष्णु ने भी 'तथास्तु' कहा।

ध्यान और एकाग्रता

एक आदमी अकेला एक तालाब के किनारे मछली मारने के लिए बैठा था। बड़ी देरे के बाद बंसी का 'शोला' हिला, कभी-कभी वह पानी में कुछ डूब भी जाता था, तब उसने बंसी को झपाटे के साथ खींचने की कोशिश की। इसी समय किसी राहगीर ने आकर उसने पूछा, "महाशय, अमुक बनर्जी का घर कहाँ है, क्या आप बतला सकेंगे?"

उत्तर कुछ भी न मिला। यह आदमी उस समय बंसी खींचने की ताक में था। पथिक ने बार-बार उच्च स्वर में कहा, "महाशय, अमुक बनर्जी का घर क्या आप बतला सकेंगे?"

उधर उस आदमी को होश था ही नहीं, उसका हाथ काँप रहा था, बस शोले पर उसकी निगाह थी। तब पथिक नाराज हो, वहाँ से चला गया। वह जब बड़ी दूर चला गया, तब इधर शोला बिल्कुल डूब गया और उस आदमी ने झट बंसी खींचकर मछली को जमीन पर ला गिराया। तब अँगोछे से मुँह पोंछकर पथिक को ऊँची आवाज लगाकर उसने बुलाया, "एजी, सुनो-सुनो!"

पथिक लौटना नहीं चाहता था। कई बार के पुकारने पर वह आया। आते ही उसने कहा, "क्यों महाशय, अब क्यों आप बुलाते हैं?"

तब उसने पूछा, "तुम मुझसे क्या कह रहे थे?"

पथिक ने कहा, "उस समय इतनी बार पूछा और अब पूछते हो, क्या कहा था?"

उसने कहा, "उस समय शोला डूब रहा था, इसलिए मैंने कुछ सुना ही नहीं।"

ध्यान में इस तरह की एकाग्रता होती है, उस समय और कुछ भी नहीं दिखाई पड़ता, न कुछ सुनाई पड़ता है। कोई छू भी ले, तो समझ में नहीं आता। देह पर से साँप चला जाता है और कुछ पता नहीं चल पाता। जो ध्यान करता है, न वह समझ सकता है और न साँप।

आंतरिक व्याकुलता से ईश्वर दर्शन देते हैं

एक आदमी के एक लड़की थी। बहुत कम आयु में विधवा हो गई थी। उसने एक दिन कहा, "पिताजी, मेरा पति कहाँ है?"

उनके पिता ने कहा, "गोविंदजी तेरे पति हैं। उन्हें पुकारने पर वे तुझे दर्शन देंगे।"

यह सुनकर वह लड़की द्वार बंद करके गोविंद को पुकारती और रोती थी। वह कहती थी, "गोविंद! तुम आओ, मुझे दर्शन दो, तुम क्यों नहीं आते?"

छोटी लड़की का यह रोना सुनकर गोविंदजी स्थिर न रह सके। उसे उन्होंने दर्शन दिए।

ईश्वर के लिए रोना चाहिए

व्याकुल हुए बिना उनका दर्शन नहीं किया जा सकता। वह व्याकुलता भोग का अंत हुए बिना नहीं होती। जो लोग कामिनी-कांचन के बीच में हैं, जिनके भोग का अंत नहीं हुआ, उनमें व्याकुलता नहीं आती।

उस देश (कामारपुकुर) में जब मैं था, हृदय का चार-पाँच वर्ष का लड़का सारा दिन मेरे पास रहता था, मेरे सामने इधर-उधर खेला करता था, एक तरह से भूला रहता था, पर ज्यों ही संध्या होती, वह कहने लगता, "माँ के पास जाऊँगा।"

मैं कितना कहता, "कबूतर दूँगा" आदि-आदि, अनेक तरह से समझाता, पर वह भूलता नहीं था, रो-रोकर कहता था, "माँ के पास जाऊँगा।"

खेल, खिलौना कुछ भी उसे अच्छा नहीं लगता था। मैं उसकी दशा देखकर रोता था।

यही है, बालक की तरह ईश्वर के लिए रोना! यही है, व्याकुलता!

फिर खेल, खाना-पीना कुछ भी अच्छा नहीं लगता। यह व्याकुलता तथा उनके लिए रोना भोग के क्षय होने पर होता है।

जहाँ चाह, वहाँ राह

जो यथार्थ मार्ग नहीं जानता, परंतु जिसकी ईश्वर पर भक्ति है और उन्हें जानने की तीव्र इच्छा है, वह केवल भक्ति के बल पर ही ईश्वर को प्राप्त कर लेता है। एक आदमी बड़ा भक्तिमान था। एक बार वह जगन्नाथजी के दर्शन करने के लिए निकला, पर वह पुरीधाम का रास्ता नहीं जानता था, इससे वह पुरी की ओर न जाकर, भटकते हुए दूर पश्चिम की ओर चला गया।

एक आदमी बड़ा भक्तिमान था। एक बार वह जगन्नाथजी के दर्शन करने के लिए निकला, पर वह पुरीधाम का रास्ता नहीं जानता था, इससे वह पुरी की ओर न जाकर, भटकते हुए दूर पश्चिम की ओर चला गया।

वह व्याकुल होकर लोगों से राह पूछने लगा। लोगों ने उससे कहा, "यह रास्ता नहीं, उस रास्ते से जाओ।" अंत में वह भक्त पुरी जा पहुँचा और उसने जगन्नाथजी के दर्शन किए। देखो, अगर अच्छा हो तो राह न जानने पर भी कोई-न-कोई बतला ही देता है। पहले भूल हो सकती है, पर अंत में सही रास्ता मिल ही सकता है।

ईश्वर कब मिलते हैं

एक व्यक्ति ने गुरु से पूछा था, "महाराज, ईश्वर को कैसे प्राप्त करूँ, बता दीजिए?"

गुरु ने कहा, "आओ, मैं तुम्हें बता देता हूँ।"

यह कहकर वे उसे एक तालाब के किनारे ले गए। दोनों जल में उतर पड़े। इतने में ही एकाएक गुरु ने शिष्य का सिर पकड़कर उसे जल में डुबो दिया और कुछ देर पानी में डुबोकर रखा। फिर थोड़ी देर बाद उसे छोड़

दिया। शिष्य सिर उठाकर खड़ा हो गया। गुरु ने पूछा, "कहो, तुम्हें कैसा लग रहा था?"

शिष्य ने कहा, "ऐसा लग रहा था कि अभी प्राण जाते ही हैं, प्राण बेचैन हो रहे थे।"

तब गुरु ने कहा, "ईश्वर के लिए जब प्राण इसी प्रकार बेचैन होंगे, तभी जानोगे कि अब उनके साक्षात्कार में विलंब नहीं है।"

निरंतर आगे बढ़ते रहो

एक लकड़हारा जंगल में लकड़ी काटकर बेचते हुए अत्यंत कष्ट से दिन गुजारा करता था। एक दिन अचानक एक साधु ने उससे कहा, "बच्चा, आगे बढ़ो।"

साधु की बात सुनकर लकड़हारा कुछ दूर तक गया। उसे वहाँ एक चंदन का वन दिखाई दिया। तब वह चंदन की लकड़ियाँ काट लाया और उन्हें बेचकर उसे बहुत अधिक पैसा मिला। दूसरे दिन उसने विचार किया, 'मुझे साधु बाबा ने चंदन के बारे में तो कुछ नहीं कहा था, उन्होंने तो सिर्फ आगे बढ़ने को कहा था। मुझे और आगे बढ़ना चाहिए।' वह चंदन वन से भी आगे बढ़ा और थोड़ी दूर चलकर उसे एक जगह ताँबे की खान दिखाई पड़ी। वह उस खान में से बहुत सा ताँबा उठा लाया और उसे बाजार में बेचकर उसने पहले दिन से भी अधिक धन कमाया। इसके दूसरे दिन वह और आगे बढ़ा तो उसे चाँदी की खान मिली। चाँदी बेचकर उसे और अधिक धन प्राप्त हुआ, परंतु इतने से न भूलकर वह और भी आगे-आगे जाने लगा। धीरे-धीरे उसे सोने और हीरे की खानें मिलीं और वह बहुत धनवान बन गया। धर्मराज में भी यही नियम है। यदि तुम यथार्थ ज्ञान चाहते हो तो आगे बढ़े चलो। साधना की किसी विशेष अवस्था में कुछ सिद्धियाँ या अद्‌भुत दर्शनादि पाकर मारे आनंद के अपना उद्‌देश्य भूल मत जाओ। यदि तुम आगे बढ़े चलोगे तो तुम्हें अंत में अमूल्य धन प्राप्त होगा।

इसीलिए कहता हूँ कि कर्म आदिकांड है, कर्म जीवन का उद्‌देश्य

नहीं, साधना करके और भी आगे बढ़ जाओ। साधना करते हुए जब और आगे बढ़ जाओगे, तब अंत में समझोगे, ईश्वर ही एकमात्र वस्तु है और सब अवस्तु, ईश्वर ही जीवन का उद्‌देश्य है।

अनुभूति के आम खाओ

एक बगीचे में दो आदमी घूमने गए। उनमें जिसकी सांसारिक बुद्धि प्रबल थी, यह विचार करने लगा कि इस बाग में आम के कितने पेड़ हैं और उनमें कितने आम लगे हैं, बाग का मूल्य क्या हो सकता है, आदि-आदि और दूसरा आदमी बाग के मालिक के साथ मित्रता कर, पेड़ के नीचे बैठकर एक-एक करके आम तोड़ता गया और खाता गया। अब कहो, इनमें कौन बुद्धिमान है, आम खाओ तो पेट भरेगा, केवल आम गिनने और पत्तों का हिसाब-किताब करने में क्या रखा है?

जो लोग ज्ञानाभिमानी हैं, शास्त्र-मीमांसा व तर्क-युक्ति में ही फँसे रहते हैं, वे आम गिननेवाले के समान हैं। बुद्धिमान भक्तजन भगवान् की कृपा से इस संसार में परम सुख प्राप्त करते हैं और वे आम खानेवाले के समान सुखी रहते हैं।

एक बगीचे में दो आदमी घूमने गए। उनमें जिसकी सांसारिक बुद्धि प्रबल थी, यह विचार करने लगा कि इस बाग में आम के कितने पेड़ हैं और उनमें कितने आम लगे हैं, बाग का मूल्य क्या हो सकता है, आदि-आदि और दूसरा आदमी बाग के मालिक के साथ मित्रता कर, पेड़ के नीचे बैठकर एक-एक करके आम तोड़ता गया और खाता गया।

दोनों हाथ उठाकर नाचो

एक स्त्री अपनी एक पहचानवाली स्त्री से मिलने गई, जो जुलाहिन

थी। यह जुलाहिन उस समय सूत कात रही थी, कितने ही तरह के रेशे से सूत। अपनी साथिन को देखकर उसे बड़ी खुशी हुई। उसने कहा, "आओ तुम्हारा स्वागत है, मुझे बड़ा आनंद हुआ है, तुम जरा बैठो, मैं जाकर तुम्हारे लिए कुछ मिठाई ले आऊँ।" और यह कहकर वह बाहर चली गई। इधर तरह-तरह के रंगीन रेशे के सूत देखकर उस स्त्री को लालच हो आया और उसने झट कुछ सूत बगल में छिपा लिया। कुछ समय बाद जुलाहिन मिठाई लेकर वापस आई और बड़े उत्साह से उस स्त्री को खिलाने लगी, परंतु थोड़ी ही देर में जब उसकी नजर अपने सूत पर पड़ी तो वह समझ गई कि इस स्त्री ने मेरा कुछ सूत चुरा लिया है। निंदान उसने सूत वसूल करने का एक उपाय सोच निकाला।

तरह-तरह के रंगीन रेशे के सूत देखकर उस स्त्री को लालच हो आया और उसने झट कुछ सूत बगल में छिपा लिया। कुछ समय बाद जुलाहिन मिठाई लेकर वापस आई और बड़े उत्साह से उस स्त्री को खिलाने लगी, परंतु थोड़ी ही देर में जब उसकी नजर अपने सूत पर पड़ी तो वह समझ गई कि इस स्त्री ने मेरा कुछ सूत चुरा लिया है।

उसने कहा, "सखी! आज तो बहुत दिनों के बाद तुमसे मुलाकात हुई है। आज बड़े आनंद का दिन है। मेरी बड़ी इच्छा है, आओ आज हम दोनों नाचें।"

दूसरी स्त्री ने कहा, "आनंद की बात तो कुछ न पूछो। तुम्हारी इच्छा है, तो ठीक ही है।" खैर, दोनों स्त्रियाँ नाचने लगीं, पर जुलाहिन ने देखा कि वह स्त्री दोनों हाथ ऊपर उठाकर नहीं नाच रही है। तब उसने कहा, "आओ, हम लोग दोनों हाथ उठाकर नाचें; आज तो बड़े आनंद का दिन है, परंतु दूसरी स्त्री ने एक हाथ ज्यों-का-त्यों दबाए ही रखा, केवल एक हाथ उठाकर नाची। तब जुलाहिन ने कहा, "अरे यह क्या, आओ, दोनों हाथ उठाएँ।"

पर दूसरी स्त्री एक बगल दबाकर ही नाचती रही और कहा, "भाई, जिसे जैसा आता है।"

फिर श्रीरामकृष्ण कहने लगे, "मैं बगल में कुछ दबाता नहीं, मैंने दोनों हाथ उठा दिए हैं, इसलिए मैं नित्य और लीला, दोनों को स्वीकार करता हूँ।"

एकांगी मत होना

घंटाकर्ण जैसे एकाकी मत बनो। एक शिव-भक्त था, जो शिव की उपासना किया करता था, पर विष्णु के प्रति द्वेषभाव रखता था। एक दिन भगवान् शंकर ने उसे दर्शन देकर कहा, "देखो, जब तक तुम्हारा विष्णु के प्रति द्वेषभाव दूर नहीं होगा, तब तक मैं तुम पर प्रसन्न नहीं होऊँगा।"

भक्त ने कुछ नहीं कहा। वह फिर भी शिव की ही एकनिष्ठ उपासना करने लगा। उसकी उपासना की तीव्रता के कारण शिवजी को उसे फिर से दर्शन देना पड़ा। अबकी बार भगवान् हरिहर के रूप में आविर्भूत हुए। आधा शरीर शिव का था और आधा विष्णु का। शिव को देख भक्त आनंदित हुआ, पर विष्णु को देख दुःखित। इस तरह वह आधा आनंदित और आधा दुःखित हुआ। फिर वह देवता की पूजा करने लगा। पूजा करते समय उसने केवल शिव की ही पूजा की, विष्णु की ओर देखा तक नहीं। जब वह धूप चढ़ाने लगा तो कहीं उसकी सुगंध विष्णु को भी न मिल जाए, इस शंका से वह विष्णु की नाक दबाए बैठा रहा। तब भगवान् बोले, "देखो, मैंने तुम पर कृपा कर हरिहर का रूप धारण किया, जिससे समझ सको कि शिव और विष्णु अभिन्न हैं; पर तुम यह समझ ही नहीं सके। इस एकाकी भाव के लिए तुम्हें काफी कष्ट भोगना पड़ेगा।"

विष्णु के प्रति उसके द्वेषभाव की बात धीरे-धीरे सब तरफ फैल गई और गाँव के बच्चे उसे देखते ही 'हरि-हरि' कहकर ताली बजाते हुए चिढ़ाने लगे। अंत में निरुपाय हो, हरिनाम सुनने से बचने के लिए उसने अपने दोनों कानों में दो घंटे लटका लिये। ज्यों ही बच्चे 'हरि-हरि' कहकर

चिल्लाते, त्यों ही वह उन घंटों को जोर से बजाकर हरिनाम न सुनने की कोशिश करता। इस तरह उसका नाम 'घंटाकर्ण' पड़ गया।

अपवित्रता का दुष्परिणाम

श्रीरामकृष्ण पुजारी वर्ग के विषय में श्रीचैतन्यदेव के जीवन से संबंधित एक घटना बताया करते थे। चैतन्यदेव भावसमाधि में पूरी तरह मग्न होकर समुद्र में गिर पड़े थे। उस अवस्था में वे एक मछुआरे के जाल में फँस गए और जाल के साथ बाहर निकाले गए। चैतन्यदेव के पावन स्पर्श के प्रभाव से वह मछुआरा भी भावावस्था को प्राप्त हुआ और सब काम-काज छोड़ हरिनाम लेते हुए पागलों की तरह घूमने लगा। घरवालों के काफी प्रयत्न के बावजूद जब उसकी अवस्था में कोई अंतर नहीं हुआ, तब निरुपाय हो वे चैतन्यदेव के निकट आए और उन्हें सब हाल कह सुनाया।

श्रीरामकृष्ण पुजारी वर्ग के विषय में श्रीचैतन्यदेव के जीवन से संबंधित एक घटना बताया करते थे। चैतन्यदेव भावसमाधि में पूरी तरह मग्न होकर समुद्र में गिर पड़े थे। उस अवस्था में वे एक मछुआरे के जाल में फँस गए और जाल के साथ बाहर निकाले गए। चैतन्यदेव के पावन स्पर्श के प्रभाव से वह मछुआरा भी भावावस्था को प्राप्त हुआ और सब काम-काज छोड़ हरिनाम लेते हुए पागलों की तरह घूमने लगा।

तब चैतन्यदेव ने कहा, "किसी पुजारी के यहाँ का चावल लाकर उसके मुँह में डालो, उससे वह अच्छा हो जाएगा।" घरवालों ने वैसा ही किया। उससे मछुआरे की वह भावावस्था चली गई।

आध्यात्मिक उन्नति के मार्ग पर संसारासक्ति और अपवित्रता का ऐसा ही दुष्परिणाम होता है।

जाकी रही भावना जैसी

एक साधु समाधिमग्न होकर रास्ते के किनारे पड़ा था। इतने में वहाँ एक चोर आया। साधु को देखते ही वह मन-ही-मन कहने लगा, 'यह जरूर कोई चोर है, रात भर चोरी करने के बाद अब यहाँ पड़ा सो रहा है। अभी पुलिस आकर इसे पकड़ ले जाएगी; मैं भाग निकालूँ।'

फिर एक शराबी आया और साधु को देख कहने लगा, 'सारी रात शराब चढ़ाकर अब नाले में पड़ा है! मैं सब लक्षण समझता हूँ, बेटा!' अंत में वहाँ एक साधु आया और उस समाधिमग्न साधु की अवस्था को पहचानकर वह उसकी सेवा करने लगा।

अपने संसारासक्तिजन्य संस्कार के कारण हम यथार्थ आध्यात्मिक संप्रदायों को नहीं समझ पाते।

झूठी आशा से उत्फुल्ल मत होओ

आषाढ़ के दिन थे। एक बकरी का बच्चा अपनी माँ के पास खेल रहा था। खेलते हुए उसने पूछा, "माँ, रासफूल खाने को जी हो रहा है, कब खाने के लिए मिलेंगे?"

बकरी बोली, "ठहर जा बेटा। अभी रासफूल खाने को बहुत दिन हैं। पहले क्वार-कार्तिक के दिन अच्छी तरह बीत जाएँ, फिर बच निकले तो रासफूल खाना। यह तेरे लिए संकट का समय है। क्वार में दुर्गापूजा के समय कोई तेरी बलि न चढ़ा दे, फिर कार्तिक में कालीपूजा का भयंकर समय है, उस समय भी यही डर है। इन दो खतरों से तू बच भी निकले तो थोड़े ही दिनों में जगदात्रीपूजा आ जाती है, उनमें कहीं तेरी बलि न चढ़ा दी जाए। इन सब संकटों से बच सका, तभी तू कार्तिक की पूनम में रासफूल खाने की आशा कर सकता है।"

झूठी आशा से अत्यधिक उत्फुल्ल मत होओ; जीवन में कई संकटों का सामना करना पड़ता है।

कुपात्र को दान का फल

एक कसाई एक गाय को दूर कसाईखाने की ओर ले जा रहा था। बीच रास्ते में एक जगह गाय ने आगे बढ़ने से इनकार कर दिया। कसाई उसे इतना पीटता, पर वह टस-से-मस न होती। बड़ी मुसीबत थी। आखिर कसाई भूख-प्यास और थकावट के मारे तंग आ गया। तब गाय को एक पेड़ से बाँध वह गाँव में एक अतिथिशाला में जा पहुँचा। वहाँ भरपेट भोजन करने के बाद उसमें ताकत आई और तब आसानी से उस गाय को कसाईखाने में ले जाकर उसने उसकी हत्या की। गौहत्या के पाप का बहुत सा भाग उस अतिथिशाला के अन्नदान करनेवाले मालिक को लगा, क्योंकि उसकी सहायता के बिना कसाई गाय को ले जाने में समर्थ नहीं होता। इसलिए भोजन या अन्य वस्तु का दान देते समय यह विचार करना चाहिए कि दान ग्रहण करनेवाला व्यक्ति कहीं दुर्जन या पापी तो नहीं है, कहीं वह उस दान का दुरुपयोग तो नहीं करेगा।

एक कसाई एक गाय को दूर कसाईखाने की ओर ले जा रहा था। बीच रास्ते में एक जगह गाय ने आगे बढ़ने से इनकार कर दिया। कसाई उसे इतना पीटता, पर वह टस-से-मस न होती। बड़ी मुसीबत थी। आखिर कसाई भूख-प्यास और थकावट के मारे तंग आ गया। तब गाय को एक पेड़ से बाँध वह गाँव में एक अतिथिशाला में जा पहुँचा।

फुफकारो, पर काटो मत

किसी जंगल में कुछ चरवाहे गायें चराते थे। वहाँ एक बड़ा विषधर सर्प रहता था। उसके डर से लोग बड़ी सावधानी से आया-जाया करते थे। किसी दिन एक ब्रह्मचारीजी उसी रास्ते से आ रहे थे। चरवाहे दौड़ते हुए उनके पास आए और उनसे कहा, "महाराज, इस रास्ते से न जाइए; यहाँ एक साँप रहता है, बड़ा विषधर है।"

ब्रह्मचारीजी ने कहा, "तो क्या हुआ बेटा, मुझे कोई डर नहीं, मैं मंत्र जानता हूँ।"

यह कहकर ब्रह्मचारीजी उसी ओर चले गए। डर के मारे चरवाहे उनके साथ न गए। इधर साँप फन उठाए झपटता चला आ रहा था, परंतु पास पहुँचने के पहले ही ब्रह्मचारीजी ने मंत्र पढ़ा। साँप आकर उनके पैरों पर लोटने लगा।

ब्रह्मचारीजी ने कहा, "तू भला हिंसा क्यों करता है? ले, मैं तुझे मंत्र देता हूँ। इस मंत्र को जपेगा तो ईश्वर पर भक्ति होगी, तुझे ईश्वर के दर्शन होंगे; फिर यह हिंसावृत्ति न रह जाएगी।"

यह कहकर ब्रह्मचारीजी ने साँप को मंत्र दिया। मंत्र पाकर साँप ने गुरु को प्रणाम किया और पूछा, "भगवन्, मैं क्या साधना करूँ?"

गुरु ने कहा, "इस मंत्र को जप और हिंसा छोड़ दे।" चलते समय ब्रह्मचारीजी फिर आने का वचन दे गए।

इस प्रकार कुछ दिन बीत गए। चरवाहों ने देखा कि साँप अब काटता नहीं, ढेला मारने पर भी गुस्सा नहीं होता, केंचुए की तरह हो गया है। एक दिन चरवाहों ने उसके पास जाकर पूँछ पकड़कर उसे घुमाया और वहीं पटक दिया। साँप के मुँह से खून बह चला, वह बेहोश पड़ा रहा; हिल-डुल तक नहीं सकता था। चरवाहों ने सोचा कि साँप मर गया और यह सोचकर वहाँ से वे चले गए।

जब बहुत रात बीती, तब साँप होश में आया और धीरे-धीरे अपने बिल के भीतर गया। देह चूर-चूर हो गई थी, हिलने तक की शक्ति नहीं रह गई थी। बहुत दिनों के बाद जब चोट कुछ अच्छी हुई, तब भोजन की खोज में बाहर निकला।

जब बहुत रात बीती, तब साँप होश में आया और धीरे-धीरे अपने बिल के भीतर गया। देह चूर-चूर हो गई थी, हिलने तक की शक्ति नहीं रह गई थी। बहुत दिनों के बाद जब चोट कुछ अच्छी हुई, तब भोजन की

खोज में बाहर निकला। जब से पीटा गया, तब से सिर्फ रात को ही बाहर निकलता था। हिंसा करता ही नहीं था। सिर्फ घास-फूस, फल-फूल खाकर रह जाता था।

साल भर बाद ब्रह्मचारी फिर आए। आते ही साँप की खोज करने लगे। चरवाहों ने कहा, "वह तो मर गया है", पर ब्रह्मचारीजी को इस बात पर विश्वास नहीं आया। वे जानते थे कि जो मंत्र वे दे गए हैं, वह जब तक सिद्ध नहीं होगा, तब तक उसकी देह छूट नहीं सकती। ढूँढ़ते हुए उसी ओर वे अपने दिए हुए नाम से साँप को पुकारने लगे। बिल से गुरुदेव की आवाज सुनकर साँप निकल आया और बड़े भक्तिभाव से प्रणाम किया।

ब्रह्मचारीजी ने पूछा, "क्यों कैसा है ?"

उसने कहा, "जी अच्छा हूँ।"

ब्रह्मचारीजी, "तो तू इतना दुबला क्यों हो गया ?"

साँप ने कहा, "महाराज, जब से आप आज्ञा दे गए, तब से मैं हिंसा नहीं करता; फल-फूल, घास-पात खाकर पेट भर लेता हूँ; इसीलिए शायद दुबला हो गया हूँ।"

सत्त्वगुण बढ़ जाने के कारण किसी पर वह क्रोध नहीं कर सकता था। इसी से मार की बात भी वह भूल गया था।

ब्रह्मचारीजी ने कहा, "सिर्फ न खाने ही से किसी की यह दशा नहीं होती, कोई दूसरा कारण अवश्य होगा, तू अच्छी तरह सोच तो।"

साँप को चरवाहों की मार याद आ गई। उसने कहा, "हाँ महाराज, अब याद आया, चरवाहों ने एक दिन मुझे पटक-पटककर मारा था। उन अज्ञानियों को तो मेरे मन की अवस्था मालूम थी नहीं। वे क्या जानें कि मैंने हिंसा करना छोड़ दिया है!"

ब्रह्मचारीजी बोले, "राम-राम, तू ऐसा मूर्ख है, अपनी रक्षा करना भी तू नहीं जानता ? मैंने तो तुझे काटने ही को मना किया था, पर फुफकारने से तुझे कब रोका था, फुफकार मारकर उन्हें भय क्यों नहीं दिखाया ?"

इस तरह दुष्टों को फुफकार मारनी चाहिए, भय दिखाना चाहिए,

जिससे कि वे अनिष्ट न कर बैठें; पर उनमें विष नहीं डालना चाहिए, उनका अनिष्ट नहीं करना चाहिए।

प्रार्थना में क्या माँगना चाहिए

जब ईश्वर से प्रार्थना करोगे, तब उनके पादपद्मों में केवल भक्ति की प्रार्थना करना। अहिल्या के शापमोचन के बाद श्रीरामचंद्र ने उससे कहा, "तुम मुझसे कोई वर-याचना करो।"

अहिल्या ने कहा, "राम, यदि वर देना ही है, तो यही वर दो कि चाहे शूकर-योनि में भी मेरा जन्म क्यों न हो, फिर भी तुम्हारे पादपद्मों में मेरा मन लगा रहे।"

मैंने माता के पास एकमात्र भक्ति की प्रार्थना की थी। श्री माता के पादपद्मों में फूल चढ़ाकर हाथ जोड़ मैंने कहा था, "माँ, यह लो तुम अपना ज्ञान और यह लो अज्ञान, मुझे शुद्ध भक्ति दो। यह लो अपनी शुचिता और यह लो अपनी अशुचिता, मुझे शुद्ध भक्ति दो; यह लो अपना पाप और यह लो अपना पुण्य; यह लो अपना भला और यह लो अपना बुरा, मुझे शुद्ध भक्ति दो। यह लो अपना धर्म और यह लो अपना अधर्म, मुझे शुद्ध भक्ति दो।"

महावत नारायण की भी बात सुनो

किसी जंगल में एक महात्मा थे। उनके कई शिष्य थे। एक दिन उन्होंने अपने शिष्यों को उपदेश दिया कि सर्वभूतों में नारायण का वास है, यह जानकर सभी को नमस्कार करो। एक दिन एक शिष्य हवन के लिए जंगल में लकड़ी लेने गया। उस समय जंगल में यह शोरगुल मचा था कि कोई जहाँ कहीं हो तो भागो, पागल हाथी आ रहा है। सभी भाग गए, पर शिष्य नहीं भागा। उसे तो यह विश्वास था कि हाथी भी नारायण है, इसलिए भागने का क्या काम? वह खड़ा ही रहा। हाथी को नमस्कार

किया और उसकी स्तुति करने लगा। इधर महावत के ऊँची आवाज लगाने पर भी कि भागो-भागो, उसने पैर न उठाए। पास पहुँचकर हाथी ने उसे सूँड़ से लपेटकर एक ओर फेंक दिया और अपना रास्ता लिया। शिष्य घायल हो गया और बेहोश पड़ा रहा।

किसी जंगल में एक महात्मा थे। उनके कई शिष्य थे। एक दिन उन्होंने अपने शिष्यों को उपदेश दिया कि सर्वभूतों में नारायण का वास है, यह जानकर सभी को नमस्कार करो। एक दिन एक शिष्य हवन के लिए जंगल में लकड़ी लेने गया।

यह खबर गुरु के कान तक पहुँची। वे अन्य शिष्यों को साथ लेकर वहाँ गए और उसे आश्रम में उठा लाए। वहाँ उसकी दवा-दारू की, तब वह होश में आया। कुछ देर बाद किसी ने उससे पूछा, हाथी को आते देखकर तुम वहाँ से हट क्यों नहीं गए? उसने कहा कि गुरुजी ने कह तो दिया था कि जीव, जंतु आदि सबमें परमात्मा का ही वास है, नारायण ही सबकुछ हुए हैं, इसी से हाथी नारायण को आते देख मैं नहीं भागा। गुरुजी पास ही थे। उन्होंने कहा, "बेटा, हाथी नारायण आ रहे थे, ठीक है; पर महावत नारायण ने तो तुम्हें मना किया था। यदि सभी नारायण हैं तो उस महावत की बात पर विश्वास क्यों नहीं किया? महावत नारायण की भी बात मान लेनी चाहिए थी।"

सर्वभूतों में परमात्मा का ही वास है, पर मेल-मिलाप करना हो तो भले आदमियों से ही करना चाहिए, बुरे आदमियों से अलग ही रहना चाहिए। बाघ में भी परमात्मा का वास है, इसलिए क्या बाघ को भी गले लगाना चाहिए, यदि कहो कि बाघ भी तो नारायण है, इसलिए क्यों भागें, इसका उत्तर यह है कि जो लोग कहते हैं कि भाग चलो, वे भी तो नारायण हैं, उनकी बात क्यों न मानो?

इसी प्रकार, साधु-असाधु, भक्त-अभक्त सभी के हृदय में नारायण का वास है; किंतु असाधुओं, अभक्तों से व्यवहार या अधिक हेल-मेल नहीं

चल सकता। किसी से सिर्फ बातचीत भर कर लेनी चाहिए और किसी से वह भी नहीं। ऐसे आदमियों से अलग रहना चाहिए।

जैसा भाव, वैसा फल

किसी शिवमंदिर के निकट एक संन्यासी रहा करते थे। सामने ही एक वेश्या का घर था। वेश्या के यहाँ दिन-रात लोगों का ताँता लगा रहा रहता। उसका जीवन देख संन्यासी के मन में बहुत दुःख होता। एक दिन संन्यासी ने उस वेश्या को बुलाकर फटकारते हुए कहा, "तू बड़ी पापिन है, दिन-रात पाप किया करती है। अंत में तेरी क्या गति होगी?"

किसी शिवमंदिर के निकट एक संन्यासी रहा करते थे। सामने ही एक वेश्या का घर था। वेश्या के यहाँ दिन-रात लोगों का ताँता लगा रहा रहता। उसका जीवन देख संन्यासी के मन में बहुत दुःख होता।

सुनकर वेश्या को अत्यंत पश्चात्ताप हुआ और वह मन-ही-मन स्वयं को धिक्कारती हुई, ईश्वर से खूब प्रार्थना करने लगी। वह दूसरा कुछ नहीं कर सकती थी, पेट के लिए उसे वही धंधा करना पड़ता था, परंतु उस दिन से वह जब कभी पापकर्म करती, अत्यंत कातर हो भगवान् से प्रार्थना करती, क्षमा माँगती। इधर संन्यासी ने विचार किया, 'देखूँ आज से इसके पास कितने लोग आते हैं!'

और उस दिन से वे संन्यासी वेश्या के यहाँ जितने लोग आते, उतने ही कंकड़ एक ओर जमाकर रखने लगे। होते-होते कंकड़ों की ढेरी जम गई। फिर एक दिन संन्यासी ने उस स्त्री को कंकड़ों की ढेरी दिखाकर कहा, "देख, थोड़े ही दिनों में तूने कितना पाप किया है। अब भी तू सावधान हो जा!"

कंकड़ों की ढेरी देख वह स्त्री व्याकुल हो रोते हुए भगवान् से प्रार्थना करने लगी, "हे भगवान्, मुझे बचाओ, रक्षा करो।"

भगवान् की लीला अगम्य है। कुछ ही दिन बाद उस वेश्या और

संन्यासी दोनों की एक साथ मृत्यु हो गई, उस समय यमदूत आकर संन्यासी को और विष्णुदूत आकर वेश्या को ले जाने लगे। यमदूतों को देख संन्यासी ने घबराकर कहा, "तुम लोगों से भूल हो गई है! विष्णुदूत मेरे लिए आए होंगे और तुम लोग अवश्य ही उस वेश्या के लिए भेजे गए हो।"

यमदूतों ने कहा, "नहीं, नहीं, हमसे कोई भूल नहीं हुई, सब ठीक ही है।"

संन्यासी ने क्रोधित होकर कहा, "क्या? मैं जीवन भर भगवान् का नाम लेता रहा और वह औरत वेश्यागीरी करती रही, पर इस समय मुझे तुम लोग और उसे विष्णुदूत ले जाएँगे। यह कैसी बात है?"

यमदूतों ने कहा, "उसने वेश्यागीरी नहीं की, वेश्यागीरी तो तुम करते रहे और तुमने भगवान् का नाम नहीं लिया, भगवान् का नाम तो वह लेती रही। तुम अच्छी तरह सोचकर देखो। जिसका जैसा भाव है, उसे वैसा ही लाभ होता है।"

कर्मत्याग

> *मनुष्य अज्ञान-अवस्था में नाना प्रकार के कर्म करता है, किंतु ईश्वर के दर्शन पा जाने पर फिर उसे वे कर्म अच्छे नहीं लगते, तब उसे ईश्वर की सेवा छोड़ दूसरे काम करने में रुचि नहीं आती, वह ईश्वर को क्षण भर के लिए भी छोड़ना नहीं चाहता।*

बहू गृहस्थी के तरह-तरह के कामों में सदा उलझी रहती है, पर जब उसके गर्भ में संतान आ जाती है तो उसके सारे काम छूट जाते हैं। बच्चा पैदा हो जाने के बाद तो उसे दूसरे काम-काज अच्छे ही नहीं लगते, तब वह दिन भर अपने बच्चे की ही देखभाल करती रहती है, उसे चूमती-पुचकारती हुई आनंद में डूबी रहती है। मनुष्य अज्ञान-अवस्था में नाना प्रकार के कर्म करता है, किंतु ईश्वर के दर्शन पा जाने पर फिर उसे वे कर्म अच्छे नहीं लगते, तब उसे ईश्वर की सेवा

छोड़ दूसरे काम करने में रुचि नहीं आती, वह ईश्वर को क्षण भर के लिए भी छोड़ना नहीं चाहता।

ईश्वर यहाँ—अपने भीतर है

एक पक्षी जहाज के मस्तूल पर बैठा था। जहाज गंगा से होकर काले पानी में (समुद्र में) चला गया। पक्षी को इसका होश नहीं था। जब वह होश में आया, तब किनारे का पता लगाने के लिए उत्तर की ओर उड़ गया, परंतु उसने किनारा कहीं नहीं देखा, तब लौट आया। फिर जरा देर विश्राम करके दक्षिण की ओर गया। उधर भी किनारा नहीं दीख पड़ा। इसी तरह, कुछ-कुछ विश्राम करके पूर्व और पश्चिम में भी गया। जब उसने देखा, कहीं किनारा नहीं है, तब मस्तूल पर आकर चुपचाप बैठ गया।

एक पक्षी जहाज के मस्तूल पर बैठा था। जहाज गंगा से होकर काले पानी में (समुद्र में) चला गया। पक्षी को इसका होश नहीं था। जब वह होश में आया, तब किनारे का पता लगाने के लिए उत्तर की ओर उड़ गया, परंतु उसने किनारा कहीं नहीं देखा, तब लौट आया।

जब तक यह बोध है कि ईश्वर वहाँ है, वहाँ है, तब तक अज्ञान है। जब यहाँ है, यह बोध हो जाता है, तब ज्ञान।

मोको कहाँ ढूँढ़े रे बंदे

एक आदमी आधी रात को उठा और तंबाकू पीने की इच्छा से टिकिया सुलगाने के लिए पड़ोसी के घर जाकर दरवाजा खटखटाने लगा। घर में सभी लोग सो गए थे। काफी देर बाद एक व्यक्ति ने दरवाजा खोला और पूछा, "क्यों जी, क्या बात है?"

इस आदमी ने कहा, "तंबाकू पीना है। टिकिया सुलगाने के लिए थोड़ी अंगार चाहिए थी।"

तब पड़ोसी ने कहा, "तुम भी बड़े अजीब हो! अंगार के लिए आधी रात को इतनी तकलीफ उठाकर तुम यहाँ आए, इतना दरवाजा खटखटाया, पर तुम्हारे तो हाथ ही में लालटेन जल रही है!"

मनुष्य जो पाना चाहता है, वह उसके पास ही है, फिर भी वह उसके लिए नाना जगह भटकता फिरता है।

अहंकार के कारण ईश्वरलाभ नहीं होता

अहंकार है, इसीलिए तो ईश्वर के दर्शन नहीं होते। ईश्वर के घर के दरवाजे के रास्ते में अहंकाररूपी ठूँठ पड़ा हुआ है। इस ठूँठ के उस पार गए बिना कमरे में प्रवेश नहीं किया जा सकता।

अहंकार है, इसीलिए तो ईश्वर के दर्शन नहीं होते। ईश्वर के घर के दरवाजे के रास्ते में अहंकाररूपी ठूँठ पड़ा हुआ है। इस ठूँठ के उस पार गए बिना कमरे में प्रवेश नहीं किया जा सकता।

एक आदमी प्रेतसिद्ध हो गया था। सिद्ध होकर उसने पुकारा नहीं कि भूत आ गया। आकर कहा, "बतलाओ, कौन सा काम करना होगा? अगर नहीं कह सकोगे तो तुम्हारी गरदन मरोड़ दूँगा।"

उस आदमी ने, जितने काम थे, एक-एक करके सब करा लिये। फिर उसे कोई नया काम ही नहीं सूझता था।

प्रेत ने कहा, "अब तुम्हारी गरदन मरोड़ता हूँ।"

उसने कहा, "जरा ठहरो, अभी आया।" इतना कहकर वह अपने गुरु के पास गया और उसने कहा, "महाराज, मैं बड़ी विपत्ति में हूँ" और सब हाल कह सुनाया। तब गुरु ने कहा, "तू एक काम कर, उसे एक छल्लेदार बाल सीधा करने के लिए दे।"

प्रेत दिन-रात वही काम करने लगा, पर छल्लेदार बाल भी कभी सीधा होता है? ज्यों-का-त्यों टेढ़ा बना रहा।

इसी तरह अहंकार भी देखते-ही-देखते गया और देखते-ही-

देखते फिर आ गया। अहंकार का त्याग हुए बिना ईश्वर की कृपा नहीं होती।

कूपमंडूक के ज्ञान की सीमा

किसी कुएँ में एक मेढक रहता था। वह वहीं जनमा था और वहीं बड़ा हुआ था। एक बार एक समुद्र का मेढक उस कुएँ में आ पड़ा। कुएँवाले मेढक ने उससे पूछा, "तुम कहाँ से आ रहे हो ?"

किसी कुएँ में एक मेढक रहता था। वह वहीं जनमा था और वहीं बड़ा हुआ था। एक बार एक समुद्र का मेढक उस कुएँ में आ पड़ा। कुएँवाले मेढक ने उससे पूछा, "तुम कहाँ से आ रहे हो ?"

समुद्री मेढक बोला, "समुद्र से।"

कुएँवाले मेढक ने पूछा, "समुद्र कितना बड़ा है ?"

दूसरे मेढक ने उत्तर दिया, "बहुत बड़ा!"

तब कुएँवाले मेढक ने अपने दो पैर फैलाकर पूछा, "इतना बड़ा ?"

समुद्री मेढक बोला, "इससे बहुत बड़ा।"

तब कुएँवाले मेढक ने कुएँ के एक ओर से एक ओर तक छलाँग मारकर पूछा, "फिर क्या वह इतना बड़ा है ?"

समुद्रवाले मेढक ने कहा, "नहीं, वह इससे भी बहुत बड़ा है।"

तब कुएँ का मेढक बोला, "तेरी बात झूठ है। भला कुएँ से भी बड़ा कुछ हो सकता है ?"

क्षुद्र बुद्धिवाले भी इसी प्रकार सोचा करते हैं कि उन्हीं का ठीक है, दूसरों का गलत।

अवतार सबको आश्रय देते हैं

जब लकड़ी का बड़ा भारी कुंदा पानी पर बहता है, तब उस पर चढ़कर कितने ही लोग आगे निकल जाते हैं, उनके वजन से वह डूबता नहीं, परंतु सड़ी लकड़ी पर एक कौआ भी बैठे तो वह डूब जाती है। इसी प्रकार, जिस समय अवतार-महापुरुष आते हैं, उस समय उनका आश्रय ग्रहण कर कितने लोग तर जाते हैं, परंतु सिद्धपुरुष काफी श्रम करके किसी तरह स्वयं तरता है।

जब लकड़ी का बड़ा भारी कुंदा पानी पर बहता है, तब उस पर चढ़कर कितने ही लोग आगे निकल जाते हैं, उनके वजन से वह डूबता नहीं, परंतु सड़ी लकड़ी पर एक कौआ भी बैठे तो वह डूब जाती है।

इसी का नाम दुनिया है

हृदय एक बछड़ा लाया था। एक दिन मैंने देखा कि उसे उसने बाग में बाँध दिया है, चारा चुगाने के लिए। मैंने पूछा, "हृदय, तू रोज उसे वहाँ क्यों बाँधे रखता है?"

हृदय ने कहा, "मामा, बछड़े को घर भेजूँगा। बड़ा होने पर वह हल में जोता जाएगा।"

ज्यों ही उसने यह कहा, मैं मूर्च्छित हो गिर पड़ा। सोचा, कैसा माया का खेल है। कहाँ तो कामारपुकुर सिहोड़ और कहाँ कलकत्ता! यह बछड़ा उतना रास्ता चलकर जाएगा, वहाँ बढ़ता रहेगा, फिर कितने दिन बाद हल खींचेगा। इसी का नाम संसार है, इसी की माया है। बड़ी देर बाद मेरी मूर्च्छा टूटी थी।

ईश्वर तीनों गुणों के परे है

एक आदमी जंगल की राह से जा रहा था कि तीन डाकुओं ने उसे पकड़ा। उन्होंने उसका सबकुछ छीन लिया। एक डाकू ने कहा, "अब इसे जीवित रखने से क्या लाभ ?" यह कहकर वह तलवार से उसे काटने आया। तब दूसरे डाकू ने कहा, "नहीं जी, काटने से क्या होगा ?

एक आदमी जंगल की राह से जा रहा था कि तीन डाकुओं ने उसे पकड़ा। उन्होंने उसका सबकुछ छीन लिया। एक डाकू ने कहा, "अब इसे जीवित रखने से क्या लाभ?" यह कहकर वह तलवार से उसे काटने आया। तब दूसरे डाकू ने कहा, "नहीं जी, काटने से क्या होगा? इसके हाथ-पैर बाँधकर यहीं छोड़ दो।" ऐसा करके डाकू उसे वहीं छोड़कर चले गए। थोड़ी देर बाद उनमें से एक लौट आया और बोला, "ओह! तुम्हें चोट लगी? आओ, मैं तुम्हारे बंधन खोल देता हूँ।" उसे मुक्त कर डाकू ने कहा, "आओ मेरे साथ, तुम्हें सड़क पर पहुँचा दूँ।" बड़ी देर में सड़क पर पहुँचकर उसने कहा, "इस रास्ते से चले जाओ, वह तुम्हारा मकान दिखता है।"

तब उस आदमी ने डाकू से कहा, "भाई, आपने बड़ा उपकार किया; अब आप भी चलिए; मेरे मकान तक आइए।" डाकू ने कहा, "नहीं, मैं वहाँ नहीं आ सकता, पुलिस को खबर लग जाएगी।" यह संसार ही जंगल है। इसमें सत्त्व, रज, तम, ये तीन डाकू रहते हैं—ये जीवों का तत्त्वज्ञान छीन लेते हैं। तमोगुण मारना चाहता है; रजोगुण संसार में फँसाता है; पर सतोगुण रज और तम से बचाता है। सत्त्वगुण का आश्रय मिलने पर काम, क्रोध आदि तमोगुण से रक्षा होती है। फिर सतोगुण जीवों का संसार बंधन तोड़ देता है, पर सतोगुण भी डाकू है, वह तत्त्वज्ञान नहीं दे सकता। हाँ, वह जीव को उस परमधाम में जाने की राह तक पहुँचा देता

है और कहता है, "वह देखो, तुम्हारा मकान यह दिख रहा है।" जहाँ ब्रह्मज्ञान है, वहाँ से सतोगुण भी बहुत दूर है।

सांसारिक जीवन का परिणाम

कामारपुकुर में श्रीराम मल्लिक को मैं इतना प्यार करता था, परंतु जब वह यहाँ आया, तब से छू भी न सका।

श्रीराम से बचपन में बड़ा मेल था! दिन-रात हम दोनों एक साथ रहते थे। एक साथ सोते थे। तब सोलह-सत्रह साल की उम्र थी। लोग कहते थे, इनमें से अगर एक औरत होती तो साथ ही विवाह भी हो जाता! उसके घर में हम दोनों खेलते थे। उस समय की सब बातें याद आ रही हैं। उसके संबंधी पालकी पर चढ़कर आया करते थे, कहार 'हिंजोड़ा हिंजोड़ा' कहा करते थे।

श्रीराम से बचपन में बड़ा मेल था! दिन-रात हम दोनों एक साथ रहते थे। एक साथ सोते थे। तब सोलह-सत्रह साल की उम्र थी। लोग कहते थे, इनमें से अगर एक औरत होती तो साथ ही विवाह भी हो जाता! उसके घर में हम दोनों खेलते थे। उस समय की सब बातें याद आ रही हैं।

श्रीराम को देखने के लिए कितने ही बार मैंने बुलावा भेजा। अब चानक में उसने दुकान खोली है। उस दिन आया था, वहाँ दो दिन रहा था।

श्रीराम ने कहा, "मेरे तो लड़के-बच्चे नहीं हुए, भतीजे को पालकर आदमी कर रहा था कि वह भी गुजर गया।" कहते-ही-कहते श्रीराम ने लंबी साँस छोड़ी, आँखों में पानी भर आया। भतीजे के लिए दु:ख व्यक्त करने लगा।

फिर उसने कहा, "लड़का नहीं हुआ था, इसलिए स्त्री का पूरा प्यार उसी भतीजे पर पड़ा था। अब वह शोक से अधीर हो रही है। मैं उसे बहुत समझाता हूँ, पगली, अब शोक करने से क्या होगा, तू वाराणसी जाएगी?"

अपनी स्त्री को वह पागल कहता था। भतीजे के लिए दु:ख करने से वह एकदम गल गया।

मैं उसे छू नहीं सका। देखा, उसमें कोई मांझा (तत्त्व) नहीं है।

मुफ्त का आनंद

एक जगह नाटक हो रहा था। एक आदमी को बैठकर सुनने की बड़ी इच्छा थी। उसने झाँककर देखा, तो उसे मालूम हुआ कि यदि कोई बैठकर देखना चाहता है, तो उससे टिकट के दाम लिये जाते हैं, फिर क्या था, वहाँ से चलता बना।

यहाँ आकर कुछ पूजा भी नहीं चढ़ानी पड़ती। यदु की माँ ने इस पर कहा था, "दूसरे साधु बस लाओ-लाओ किया करते हैं। बाबा, तुममें यह बात नहीं है।" विषयी आदमियों का जी ही निकल आता है, अगर उन्हें गाँठ का पैसा खर्च करना पड़े।

एक जगह नाटक हो रहा था। एक आदमी को बैठकर सुनने की बड़ी इच्छा थी। उसने झाँककर देखा, तो उसे मालूम हुआ कि यदि कोई बैठकर देखना चाहता है, तो उससे टिकट के दाम लिये जाते हैं, फिर क्या था, वहाँ से चलता बना। एक दूसरी जगह नाटक हो रहा था, वह वहाँ गया। पूछने पर मालूम हुआ, वहाँ टिकट नहीं लगता। वहाँ बड़ी भीड़ थी। वह दोनों हाथों से भीड़ हटाकर बीच महफिल में पहुँचा। वहाँ अच्छी तरह जमकर मूँछों पर ताव दे-देकर सुनने लगा।

धर्म के नाम पर लोलुपता

एक ने किसी से पूछा, "क्यों जी, तुम दुर्गा-पूजा अब क्यों नहीं करते?"

उस आदमी ने उत्तर देते हुए कहा, "भाई, अब दाँत नहीं रह गए, मांस खाने की शक्ति अब नहीं रह गई।"

विज्ञान का अंधविश्वास

ईश्वर अवतार ले सकते हैं, यह बात इनके विज्ञान में जो नहीं है, फिर भला कैसे विश्वास हो? (सब हँसते हैं)

एक कहानी सुनो। किसी ने आकर कहा, "अरे, उस टोले में मैं देखकर आ रहा हूँ, अमुक का घर धँसकर बैठ गया है!" जिससे उसने यह बात कही, वह अंग्रेजी पढ़ा हुआ था। उसने कहा, "ठहरो, जरा अखबार देख लूँ!" अखबार उलटकर उसने देखा, वहाँ कहीं कुछ नहीं था। तब उसने कहा, "चलो जी, तुम्हारी बात का हमें विश्वास नहीं। कहाँ, घर धँसकर बैठ जाने की बात अखबार में तो नहीं लिखी है? यह सब झूठ खबर है!"

चापलूसों की दशा

चापलूस लोग समझते हैं कि बाबू उन्हें खुले हाथ धन दे देंगे; परंतु बाबू से धन निकालना बड़ा कठिन काम है। एक सियार एक बैल को देख, उसका फिर साथ न छोड़े। बैल चरता-फिरता है, सियार भी साथ-साथ है। सियार ने समझा कि बैल का जो अंडकोष लटक रहा है, वह कभी-न-कभी गिरेगा और उसे वह खाएगा! बैल कभी सोता है, तो वह भी उसके पास ही लेटकर सो जाता है और तब बैल उठकर, घूम-फिरकर चरता है तो वह भी साथ-साथ रहता है। कितने ही दिन इसी प्रकार बीते, परंतु वह कोष न गिरा, तब सियार निराश होकर चला गया! इन चापलूसों की ऐसी ही दशा है।

चापलूस लोग समझते हैं कि बाबू उन्हें खुले हाथ धन दे देंगे; परंतु बाबू से धन निकालना बड़ा कठिन काम है। एक सियार एक बैल को देख, उसका फिर साथ न छोड़े। बैल चरता-फिरता है, सियार भी साथ-साथ है।

मुख में राम बगल में छुरी

एक स्थान पर एक ने सुना कि दुकान है। वे लोग परम वैष्णव हैं, गले में माला, तिलक है। हमेशा हाथ में हरिनाम का झोला और मुख में सदैव हरिनाम। उन्हें कोई भी साधु ही कहेगा और सोचेगा कि वे पेट के लिए ही सुनार का काम करते हैं, क्योंकि औरत-बच्चों को पालना ही है।

एक स्थान पर एक ने सुना कि दुकान है। वे लोग परम वैष्णव हैं, गले में माला, तिलक है। हमेशा हाथ में हरिनाम का झोला और मुख में सदैव हरिनाम। उन्हें कोई भी साधु ही कहेगा और सोचेगा कि वे पेट के लिए ही सुनार का काम करते हैं, क्योंकि औरत-बच्चों को पालना ही है। परम वैष्णव जानकर अनेक ग्राहक उन्हीं की दुकान में आते हैं, क्योंकि वे जानते हैं कि इनकी दुकान में सोने-चाँदी में गड़बड़ी नहीं होगी। ग्राहक दुकान में आते ही देखता है कि वे मुख से हरिनाम जप रहे हैं और बैठे हुए कामकाज भी कर रहे हैं। खरीददार ज्यों ही जाकर बैठा कि एक आदमी बोल उठा, "केशव! केशव! केशव!" थोड़ी देर बाद एक दूसरा कह उठा, "गोपाल! गोपाल! गोपाल!" फिर थोड़ी देर बातचीत होने पर एक तीसरा व्यक्ति उठा, "हरि, हरि, हरि।" अब जेवर बनाने की बातचीत एक प्रकार से समाप्त हो रही है। इतने में ही एक व्यक्ति बोल उठा, "हर, हर, हर।" इसीलिए तो इतनी भक्ति प्रेम देखकर वे लोग इन सुनारों के पास अपना रुपया-पैसा देकर निश्चिंत हो जाते हैं। सोचा कि वे लोग कभी नहीं ठगेंगे।

परंतु असली बात क्या है, जानते हो? ग्राहक के आने के बाद जिसने कहा था, 'केशव-केशव', उसका मतलब है, ये सब लोग कौन हैं, अर्थात् ये ग्राहक लोग कौन हैं? जिसने कहा, 'गोपाल-गोपाल', उसका मतलब है, ये लोग गाय के दल हैं। जिसने कहा, 'हरि-हरि', इसका मतलब है, ये लोग मूर्ख हैं, तो फिर 'हरि' अर्थात् हरिण करूँ? और जिसने कहा, 'हर-

हर', इसका मतलब है, इनका सबकुछ हरिण कर लो। ऐसे वे परम भक्त साधु थे!

ईश्वर विषयक व्यर्थ विवाद

यह अच्छा नहीं—यह कहना कि हम लोगों ने जो कुछ समझा है, वही ठीक है और दूसरे जो कुछ करते हैं, वह गलत। हम लोग निराकार कह रहे हैं, अतएव वे साकार नहीं, निराकार हैं; हम लोग साकार कह रहे हैं, अतएव वे साकार हैं, निराकार नहीं! मनुष्य क्या कभी उनकी इति कर सकता है?

यह कहना कि हम लोगों ने जो कुछ समझा है, वही ठीक है और दूसरे जो कुछ करते हैं, वह गलत। हम लोग निराकार कह रहे हैं, अतएव वे साकार नहीं, निराकार हैं; हम लोग साकार कह रहे हैं, अतएव वे साकार हैं, निराकार नहीं! मनुष्य क्या कभी उनकी इति कर सकता है?

इसी तरह वैष्णवों और शाक्तों में भी विरोध है। वैष्णव कहता है, 'हमारे केशव ही एकमात्र उद्धारकर्ता हैं' और शाक्त कहता है, 'बस हमारी भगवती एकमात्र उद्धार करनेवाली हैं।'

मैं वैष्णवचरण को सेजो बाबू के पास ले गया था। वैष्णवचरण वैरागी है, बड़ा पंडित है, परंतु कट्टर वैष्णव है। इधर सेजो बाबू भगवती के भक्त हैं। अच्छा ही है। केशव का नाम लेते ही सेजो बाबू का मुँह लाल हो गया और वे बोले, "तू साला।" मथुर बाबू शाक्त जो थे! उनके लिए यह कहना स्वाभाविक ही था। मैंने इधर वैष्णवचरण को खींच लिया।

गृहस्थी में व्यस्त भागवत पंडित

एक व्यक्ति ने एक भागवतपाठी पंडित चाहा था। उसके मित्र ने कहा, "एक बड़ा अच्छा भागवत पंडित है, परंतु कुछ अड़चन है। वह यह

कि उसे खुद अपने घर की खेती का काम सँभालना पड़ता है, उसके चार हल चलने हैं और आठ बैल हैं। सदा उसे अपने काम की देखरेख करनी पड़ती है; इसलिए अवकाश नहीं है।" जिसे पंडित की जरूरत थी, उसने कहा, "मुझे इस तरह के भागवत पंडित की जरूरत नहीं है, जिसे अवकाश ही न हो। हल और बैलवाले भागवत पंडित की तलाश मैं नहीं करता, मैं तो ऐसा पंडित चाहता हूँ, जो मुझे भागवत सुना सके।"

न घर का, न घाट का

स्त्रियों के लिए कुम्हड़ा काटना मना है। इसीलिए वे लड़कों से कहती हैं, "जेठजी को यहाँ बुला लाओ, वे कुम्हड़ा काट देंगे।" तब वह कुम्हड़े के दो टुकड़े कर देता है! बस यहीं तक मर्द का व्यवहार है। इसलिए उसका नाम 'कुम्हड़ा काटनेवाले जेठजी' पड़ा है।

तुम तो 'कुम्हड़ा काटनेवाले जेठजी' बने! तुम न संसारी हुए, न हरिभक्त। यह अच्छा नहीं। किसी-किसी परिवार में एक पुरुष होता है, जो रात-दिन लड़के-बच्चों से घिरा रहता है। वह बाहरवाले कमरे में बैठकर खाली तंबाकू पिया करता है। निकम्मा ही बैठा रहता है। हाँ, कभी-कभी अंदर जाकर कुम्हड़ा काट देता है! स्त्रियों के लिए कुम्हड़ा काटना मना है। इसीलिए वे लड़कों से कहती हैं, "जेठजी को यहाँ बुला लाओ, वे कुम्हड़ा काट देंगे।" तब वह कुम्हड़े के दो टुकड़े कर देता है! बस यहीं तक मर्द का व्यवहार है। इसलिए उसका नाम 'कुम्हड़ा काटनेवाले जेठजी' पड़ा है।

संसार में सभी की उपयोगिता है

दुष्ट लोगों की भी आवश्यकता है। एक गाँव के लोग बहुत उद्दंड हो गए थे। उस समय वहाँ गोलोक चौधरी को भेज दिया गया। उसके नाम से

लोग काँपने लगे, इतना कठोर शासन था उसका। अतएव अच्छे-बुरे सभी तरह के लोग चाहिए।

सीताजी बोलीं, "राम, अयोध्या में यदि सभी सुंदर महल होते तो कैसा अच्छा होता! मैं देख रही हूँ, अनेक मकान टूट गए हैं, कुछ पुराने हो गए हैं।"

श्रीराम बोले, "सीता, यदि सभी मकान सुंदर हों तो मिस्त्री लोग क्या करेंगे?" ईश्वर ने सभी प्रकार के पदार्थ बनाए हैं—अच्छे पेड़, विषैले पेड़ और व्यर्थ के पौधे भी। जानवरों में भले-बुरे सभी हैं—बाघ, शेर, साँप—सभी हैं।

जीवों के चार प्रकार

जीव चार प्रकार के होते हैं—बद्ध, मुमुक्षु, मुक्त और नित्य।

नारदादि नित्यजीव हैं। ऐसे जीव औरों के हित के लिए उन्हें शिक्षा देने के लिए संसार में रहते हैं।

बद्ध जीव विषय में फँसा रहता है। वह ईश्वर को भूल जाता है, भगवतचिंतन वह कभी नहीं करता।

मुमुक्षु जीव वह है, जो मुक्ति की इच्छा रखता है। मुमुक्षुओं में से कोई कोई मुक्त हो जाते हैं, कोई कोई नहीं हो सकते।

मुक्त जीव संसार के कामिनी-कांचन में नहीं फँसते, जैसे साधु-महात्मा। इनके मन में विषय-बुद्धि नहीं रहती। ये सदा ईश्वर के ही पादपद्मों की चिंता करते हैं।

जब जाल तालाब में फेंका जाता है, तब जो दो-चार होशियार मछलियाँ

> *जब जाल तालाब में फेंका जाता है, तब जो दो-चार होशियार मछलियाँ होती हैं, वे जाल में नहीं आतीं। यह नित्य जीवों की उपमा है, किंतु अनेक मछलियाँ जाल में फँस जाती हैं। इनमें से कुछ निकल भागने की भी चेष्टा करती हैं। यह मुमुक्षुओं की उपमा है, परंतु सब मछलियाँ नहीं भाग सकतीं।*

होती हैं, वे जाल में नहीं आतीं। यह नित्य जीवों की उपमा है, किंतु अनेक मछलियाँ जाल में फँस जाती हैं। इनमें से कुछ निकल भागने की भी चेष्टा करती हैं। यह मुमुक्षुओं की उपमा है, परंतु सब मछलियाँ नहीं भाग सकतीं। केवल दो-चार उछल-उछलकर जाल से बाहर हो जाती हैं। तब मछुआ कहता है, अरे एक बड़ी मछली बह गई, किंतु जो जाल में पड़ी हैं, उनमें से अधिकांश मछलियाँ निकल नहीं सकतीं। वे भागने की चेष्टा भी नहीं करतीं, जाल को मुँह में फाँसकर मिट्टी के नीचे सिर घुसेड़कर चुपचाप पड़ी रहती हैं और सोचती हैं, अब कोई भय की बात नहीं, बड़े आनंद में हैं, पर वे नहीं जानतीं कि मछुआरा, घसीटकर उन्हें ले जाएगा। यह बद्ध जीवों की उपमा है।

संग्रह ही दुःख का कारण है

एक जगह धीवर मछली मार रहे थे, एक चील झपटकर एक मछली ले गई, परंतु मछली को देखकर करीब एक हजार कौए उसके पीछे लग गए और साथ ही काँव-काँव करके बड़ा हल्ला मचाना शुरू कर दिया। मछली को लेकर चील जिस तरफ जाती, कौए भी उसके पीछे-पीछे उसी तरफ जाते।

एक जगह धीवर मछली मार रहे थे, एक चील झपटकर एक मछली ले गई, परंतु मछली को देखकर करीब एक हजार कौए उसके पीछे लग गए और साथ ही काँव-काँव करके बड़ा हल्ला मचाना शुरू कर दिया। मछली को लेकर चील जिस तरफ जाती, कौए भी उसके पीछे-पीछे उसी तरफ जाते। चील दक्षिण की ओर गई, तब कौए भी उसी ओर गए। जब वह उत्तर की तरफ गई, तब वे भी उसी ओर गए। इसी तरह पूर्व और पश्चिम की ओर भी चील चक्कर काटने लगी। अंत में, घबराहट के मारे चक्कर लगाते हुए मछली उससे छूटकर नीचे गिर पड़ी। तब वे कौए चील को छोड़,

मछली की ओर उड़े। तब चील निश्चिंत होकर एक पेड़ की डाल पर जा बैठी। बैठी हुई सोचने लगी, 'कुल बखेड़े की जड़ यही मछली थी; अब वह मेरे पास नहीं है, इसलिए मैं निश्चिंत हूँ।'

एक कौपीन के वास्ते

एक साधु अपने गुरु से उपदेश लेकर, साधन-भजन करने की इच्छा से किसी गाँव के पास एकांत मैदान में एक झोंपड़ी बनाकर रहने लगे और साधन-भजन करते रहे। वे हर रोज सवेरे उठते और नहाकर गीला कपड़ा और कौपीन झोंपड़ी के पास एक पेड़ पर सुखाने को डाल देते थे। वे जिस समय भिक्षा के लिए बाहर जाते थे, उस समय एक चूहा आकर उनका कौपीन काट देता था। साधु दूसरे दिन गाँव से फिर नया कौपीन माँग लाते थे। कुछ दिन बाद फिर एक दिन साधु ने नहाकर गीला कौपीन सुखाने के लिए झोंपड़ी के ऊपर डाल दिया और भिक्षा के लिए गाँव में चले गए। भिक्षा के बाद लौटकर उन्होंने देखा कि चूहे ने कौपीन के टुकड़े-टुकड़े कर डाले हैं। यह देख तंग आकर वे सोचने लगे, "फिर कहाँ से कौपीन माँगूँ?"

एक साधु अपने गुरु से उपदेश लेकर, साधन-भजन करने की इच्छा से किसी गाँव के पास एकांत मैदान में एक झोंपड़ी बनाकर रहने लगे और साधन-भजन करते रहे। वे हर रोज़ सवेरे उठते और नहाकर गीला कपड़ा और कौपीन झोंपड़ी के पास एक पेड़ पर सुखाने को डाल देते थे।

दूसरे दिन जाकर गाँववालों से उन्होंने जब चूहे की कथा कही, तो गाँववालों ने कहा, "आपको रोज-रोज कौपीन कौन देगा? आप एक काम कीजिए, झोंपड़ी में एक बिल्ली पालिए, उसके डर से फिर चूहा नहीं आएगा।"

साधु तत्काल ही गाँव से बिल्ली का एक बच्चा ले गए। उसी दिन से

निदान साधु ने अपने आसपास वाली जमीन में किसानी शुरू की। इस काम के लिए धीरे-धीरे उनको आदमी रखना पड़ा। फसल पैदावारी आदि जब इकट्ठी होने लगी, तो उसके रखने-रखाने के लिए कोठार आदि भी बनाया गया और इस तरह धीरे-धीरे वे साधु बिल्कुल गृहस्थों की भाँति बड़े व्यस्त होकर अपने दिन व्यतीत करने लगे।

बिल्ली के डर से चूहे की शरारत बंद हो गई। इससे साधु को बड़ा आनंद हुआ। अब वे उस बिल्ली को बड़े प्यार और यत्न से पालने लगे और गाँव से दूध माँगकर उसको पिलाते रहे। कुछ दिन बाद किसी ने उनसे कहा, "साधुजी! आपको तो रोज दूध चाहिए। दो-चार दिन के लिए भिक्षा माँगकर काम चल सकता है, पर बारह महीने आपको कौन दूध देगा? आप एक काम कीजिए, एक गौ पालिए। उससे आप स्वयं भी उसका दूध पीकर तृप्त होंगे और बिल्ली को भी पिला सकेंगे।"

थोड़े दिनों में साधु ने एक दूध देनेवाली गौ ले ली। अब साधु को दूध के लिए गाँव में नहीं जाना पड़ता था। बाद में साधु ने उस गौ के लिए गाँव से घास-पात माँगना शुरू किया। तब गाँववाले उनसे कहने लगे, "अपनी झोंपड़ी के आसपास पड़ी हुई जमीन में हल चलवाइए, तो घास-पात के लिए आपको गाँव में भिक्षा नहीं माँगनी पड़ेगी।"

निदान साधु ने अपने आसपास वाली जमीन में किसानी शुरू की। इस काम के लिए धीरे-धीरे उनको आदमी रखना पड़ा। फसल पैदावारी आदि जब इकट्ठी होने लगी, तो उसके रखने-रखाने के लिए कोठार आदि भी बनाया गया और इस तरह धीरे-धीरे वे साधु बिल्कुल गृहस्थों की भाँति बड़े व्यस्त होकर अपने दिन व्यतीत करने लगे।

कुछ दिन बाद उन साधु के गुरुजी वहाँ आ पहुँचे। उन्होंने वह सब धन-संपत्तियाँ देखकर एक नौकर से पूछा, "यहाँ एक त्यागी साधु झोंपड़ी में रहते थे, वे अब कहाँ गए, बता सकते हो?"

वह नौकर कुछ उत्तर नहीं दे सका। अंत में गुरुजी ने स्वयं ही उन साधु के गृह में प्रवेश कर, सामने ही अपने शिष्य को देखकर पूछा, "वत्स! यह सब क्या है?"

शिष्य लज्जित होकर गुरुजी के श्रीचरणों में गिर पड़ा और बोला, "महाराज, यह सब एक कौपीन के वास्ते हुआ।" शिष्य ने एक-एक करके सारी घटनाएँ गुरुजी को कह सुनाईं। श्रीगुरु के दर्शन से शिष्य की सारी आसक्ति नष्ट हो गई और उसने तत्क्षण सब धन-संपत्ति त्यागकर गुरुजी का अनुगमन किया।

□

स्वामी विवेकानंद : महत्त्वपूर्ण तिथियाँ

- 12 जनवरी, 1863 : कोलकाता में जन्म
- सन् 1879 : प्रेजीडेंसी कॉलेज में प्रवेश
- सन् 1880 : जनरल एसेंबली इंस्टीट्यूशन में प्रवेश
- नवंबर 1881 : श्रीरामकृष्ण परमहंस से प्रथम भेंट
- सन् 1882-1886 : श्रीरामकृष्ण परमहंस से संबद्ध
- सन् 1884 : स्नातक परीक्षा उत्तीर्ण; पिता का स्वर्गवास
- सन् 1885 : श्रीरामकृष्ण परमहंस की अंतिम बीमारी
- 16 अगस्त, 1886 : श्रीरामकृष्ण परमहंस का निधन
- सन् 1886 : वराह नगर मठ की स्थापना
- जनवरी 1887 : वराह नगर मठ में संन्यास की औपचारिक प्रतिज्ञा
- सन् 1890-1893 : परिव्राजक के रूप में भारत भ्रमण
- 24 दिसंबर, 1892 : कन्याकुमारी में
- 13 फरवरी, 1893 : प्रथम सार्वजनिक व्याख्यान, सिंकदराबाद में
- 31 मई, 1893 : मुंबई से अमेरिका रवाना
- 25 जुलाई, 1893 : वैंकूवर, कनाडा पहुँचे
- 30 जुलाई, 1893 : शिकागो आगमन
- अगस्त 1893 : हार्वर्ड विश्वविद्यालय के प्रो. जॉन राइट से भेंट

- 11 सितंबर, 1893 : धर्म महासभा, शिकागो में प्रथम व्याख्यान
- 27 सितंबर, 1893 : धर्म महासभा, शिकागो में अंतिम व्याख्यान
- 16 मई, 1894 : हार्वर्ड विश्वविद्यालय में संभाषण
- नवंबर 1894 : न्यूयॉर्क में वेदांत समिति की स्थापना
- जनवरी 1895 : न्यूयॉर्क में धर्म-कक्षाओं का संचालन आरंभ
- अगस्त 1895 : पेरिस में
- अक्टूब 1895 : लंदन में व्याख्यान
- 6 दिसंबर, 1895 : वापस न्यूयॉर्क
- 22-25 मार्च, 1896 : हार्वर्ड विश्वविद्यालय में व्याख्यान
- 15 अप्रैल, 1896 : वापस लंदन
- मई-जुलाई 1896 : लंदन में धार्मिक-कक्षाएँ
- 28 मई, 1896 : ऑक्सफोर्ड में मैक्समूलर से भेंट
- 30 दिसंबर, 1896 : नेपल्स से भारत की ओर रवाना
- 15 जनवरी, 1897 : कोलंबो, श्रीलंका आगमन
- 6-15 फरवरी, 1897 : मद्रास में
- 19 फरवरी, 1897 : कलकत्ता आगमन
- 1 मई, 1897 : रामकृष्ण मिशन की स्थापना
- मई-दिसंबर 1897 : उत्तर भारत की यात्रा
- जनवरी 1898 : कलकत्ता वापसी
- 19 मार्च, 1899 : मायावती में अद्वैत आश्रम की स्थापना
- 20 जून, 1899 : पश्चिमी देशों की दूसरी यात्रा
- 31 जुलाई, 1899 : लंदन आगमन
- 28 अगस्त, 1899 : न्यूयॉर्क आगमन
- 22 फरवरी, 1900 : सैन फ्रांसिसको में

- 14 अप्रैल, 1900 : सैन फ्रांसिसकों में वेदांत समिति की स्थापना
- जून 1900 : न्यूयॉर्क में अंतिम कक्षा
- 26 जुलाई, 1900 : यूरोप रवाना
- 24 अक्तूबर, 1900 : वियना, हंगरी, कुस्तुनतुनिया, ग्रीस, मिस्र आदि देशों की यात्रा
- 26 नवंबर, 1900 : भारत को रवाना
- 9 दिसंबर, 1900 : बेलूड़ मठ आगमन
- जनवरी 1901 : मायावती की यात्रा
- मार्च-मई 1901 : पूर्वी बंगाल और असम की तीर्थ यात्रा
- जनवरी-फरवरी 1902 : बोध गया और वाराणसी की यात्रा
- मार्च 1902 : बेलूड़ मठ में वापसी
- 4 जुलाई, 1902 : महासमाधि

□□□